DAISY JOHNSON

DIE SCHWESTERN

Roman

Aus dem Englischen
von Birgit Maria Pfaffinger

btb

Für meine Schwestern
Polly, Kiran, Sarvat und Jess

Für meine Brüder
Jake und Tom

Meine Schwester ist ein schwarzes Loch.
Meine Schwester ist ein Wirbelsturm.
Meine Schwester ist die Endstation
meine Schwester ist die verschlossene Tür
meine Schwester ist ein Schuss ins Blaue.
Meine Schwester ist immer da.
Meine Schwester ist ein fallender Baum.
Meine Schwester ist ein zugemauertes Fenster.
Meine Schwester ist ein Wunschknochen
meine Schwester ist der Nachtzug
meine Schwester ist die letzte Tüte Chips
meine Schwester ist Lange-Schlafen.
Meine Schwester ist ein brennender Wald.
Meine Schwester ist ein sinkendes Schiff.
Meine Schwester ist das Haus am Ende der Straße.

ERSTER TEIL

SEPTEMBER UND JULI

Ein Haus. Ausschnitte davon durch die Hecke zu sehen, jenseits der Felder. Schmutziges Weiß, kleine Fenster in dicken Mauern. Hand in Hand auf der Rückbank, der Lichtpfeil durchs Schiebedach. Wir zwei, Schulter an Schulter, atmen dieselbe Luft. Es ist ein weiter Weg am Rückgrat des Landes nach oben, ein kurzer Schlenker über die Ringstraße von Birmingham, vorbei an Nottingham, Sheffield und Leeds, durch die Pennines. Das Jahr, in dem wir heimgesucht werden. Was? Das Jahr, wie alle anderen, in dem wir ohne Freunde sind, nur einander brauchen. Das Jahr, in dem wir am alten Tennisplatz im Regen auf sie gewartet haben. Im Radio: Vom Süden her steigende Temperaturen ... Die Polizei in Whitby. Das Schurren von Mums Händen am Lenkrad. Unsere Gedanken wie Schwalben. Die Schnauze des Autos hebt und senkt sich wie ein Bug. Irgendwo da vorn ist das Meer. Wir ziehen uns die Decke über den Kopf.

Das Jahr, in dem etwas anderes für Angst und Schrecken sorgt.

Die Straße, die vor uns flieht und dann verschwindet, das Ruckeln, als wir von Asphalt auf Schotter kommen. Weint Mum? Ich weiß es nicht. Sollen wir sie fragen? Keine Antwort, und außerdem ist da jetzt das Haus. Keine Zeit, kehrtzumachen oder es noch mal anders zu versuchen oder von vorn anzufangen. Das Jahr, in dem wir Häuser sind, mit hell erleuchteten Fenstern und Türen, die sich nicht schließen lassen. Redet eine von uns, spüren wir die Wörter beide auf der Zunge. Isst eine von uns, spüren wir das Essen beide in der Kehle. Würden wir aufgeschlitzt, würde sich bestimmt herausstellen, dass wir uns die Organe teilen, dass die Lunge der einen für uns beide atmet, dass ein einziges Herz einen doppelten, fiebrigen Puls schlägt.

JULI

1 Da sind wir. Da ist es.
Zu diesem Haus sind wir aufgebrochen. Dieses Haus war unser Ziel. Gestrandet am Rand der North York Moors, gleich neben dem Meer. Mit gespitzten Lippen lecken wir das Salz von den Chips, die Glieder schwer, von Wachstumsschmerzen verbogen. Das glühend heiße Lenkrad, das Flimmern der Straße. Wir waren stundenlang unterwegs, auf der Rückbank vergraben. Als sie ins Auto stieg, sagte Mum: Sehen wir zu, dass wir da sind, bevor es dunkel wird. Und dann hat sie lange Zeit nichts mehr gesagt. Wir stellten uns vor, was sie sagen könnte: Das ist eure Schuld. Oder: Wir hätten nie fortgemusst, wenn ihr nicht getan hättet, was ihr getan habt. Was sie damit meint, ist, wenn wir nicht zur Welt gekommen wären. Wenn wir erst gar nicht zur Welt gekommen wären.

Ich ringe die Hände. Kann noch nicht sagen, wovor ich Angst habe, nur, dass sie riesig ist. Hier ist das Haus. Wie ein Kind kauert es neben der kleinen Schiefermauer. Hinter der Mauer die leere Schafweide, pockig vor trockenen Köteln und mannshohen Dornbüschen. Als ich die Tür aufstoße, ein Sog; abgestandene Luft trifft auf frische. Der Geruch von Dung. Die Hecken verwildert, durch den Beton drängendes Unkraut, der schmale Vorgarten verfilzt von Gerümpel, alten Spatenblättern, Plastiktüten, zerbrochenen Blumentöpfen mitsamt ihren halblebendigen Wurzelballen. September balanciert auf der schiefen Gartenmauer, sie verzieht den Mund zu etwas, das ein Lächeln sein könnte oder auch nicht. Die Fenster verhangen vom Spiegelbild ihres Körpers, von meinem Gesicht dahinter, Augen wie Höhlen, und noch weiter hinten unsere Mutter, die erschöpft an der Motorhaube lehnt. An einer Wand stehen Gerüstteile, auf der Straße liegen kaputte Dachziegel. Ich greife nach Septembers Arm und überlege, ob ich ihr die Zähne in die Haut drücken soll, vielleicht finde ich durch den Kontakt heraus, was sie gerade denkt. Manchmal kann ich das. Nicht mit Sicherheit, aber manchmal ist es, als würde das Wissen zu mir weitergeleitet. Wie wenn Mum in mehreren Zimmern das Radio laufen hat, sodass man, wenn man im Gang steht, etwas zeitversetzt den Widerhall hört. Doch September wirbelt davon und krächzt wie eine Elster.

Ich ziehe ein Taschentuch heraus und putze mir die Nase. Die Sonne geht zwar schon unter, aber noch brennt sie auf meine nackten Schultern. In meiner Tasche sind Hustenbonbons, überzogen von Fusselflaum. Ich stecke eins in den Mund.

Ein schmutzverkrustetes Schild an der Hauswand. Ich reibe so lange mit dem Taschentuch daran herum, bis ich die Schrift lesen kann: DAS RUHEHAUS. Wir haben noch nie in einem Haus gewohnt, das einen Namen hatte. Haben noch nie in einem Haus gewohnt, das so aussah: so angefressen, ausderformgeraten, verdreckt. September wirbelt herum. Ich kneife fünfmal hintereinander die Augen zu, damit sie nicht fällt oder, falls doch, heil landet wie eine Katze.

Dann schaue ich zu Mum. Sie stemmt sich vom Auto weg, ihr Körper sieht aus, als wäre er zu schwer für sie. So – schweigsam oder stumm – ist sie seit dem Vorfall in der

Schule. Wenn sie nachts oben im Oxford-Haus auf und ab ging, haben wir ihren Schritten gelauscht. Sie hat kaum noch mit uns gesprochen, ab und zu mal einen Satz, hat uns kaum in die Augen gesehen. Sie ist eine andere in einem vertrauten Körper, und ich wünsche sie mir zurück. Sie stößt mit dem Zeh das Gartentor auf.

Hilf mir, sagt sie im Vorbeigehen. Ursa hat gemeint, der Schlüssel liegt unter dem Frosch.

Wir machen uns auf die Suche. Der Boden wimmelt vor Insekten. Ich grabe einen Wurm aus und erschrecke, als ich fühle, wie weich er ist, wie nachgiebig.

Schluss mit dem Unsinn, sagt Mum, und wir suchen vornübergebeugt im Gras, bis ich ihn ertaste, einen Steinfrosch, fettlippig, knopfäugig und im Gestrüpp kaum zu erkennen. Mum tippt mit dem Stiefel dagegen, stöhnt, kein Schlüssel. Typisch, sagt sie. Typisch. Und dann haut sie sich dreimal mit den Fäusten auf die Oberschenkel.

Die Maiwolken jenseits des Feldes haben sich stahlgrau gefärbt, sie ballen sich und schwellen bedrohlich an. Ich zeige darauf und sage: Schau.

Gut. Schnell. Such.

Wir stapeln die Taschen aufeinander und schauen unter leere Pflanzentöpfe, stochern mit den Füßen im struppigen Gras. Ich finde Münzen in der Erde. Ein Pfad führt am Haus vorbei in einen Garten mit abgerupftem Gras, an den Wänden sind Steinplatten aufgetürmt, ein verwaister Rechen liegt herum. Etwas, das vielleicht mal ein Grill war, ein Haufen Asche inmitten einer Ziegelkonstruktion. In die Hauswand sind Muscheln eingelassen, einbetoniert, und der Boden ist bedeckt von körnigem Sand und Kieseln, die das Meer glatt geschliffen hat. Ich spähe durch ein Fenster. Hinter der Scheibe: Düsternis, Wände, Regale, womöglich die

Speisekammer. Ich spucke in die Hände und wische über das Glas. Das hellere Rechteck eines Türrahmens, dahinter verschwommene Schatten, eine Couch oder ein Tisch, etwas, das die unterste Stufe einer Treppe sein könnte. Neben mir drückt sich September die Nase platt, presst die Fäuste gegen die Scheibe. Der süße Geruch des Parfüms, das wir in der Drogerie neben der Schule geklaut haben, ihr Atem, der nach ungeputzten Zähnen riecht. Sie glotzt mich an, rollt die Zunge, zwickt mich in den Arm. Mein Gesicht sieht komisch aus, die Proportionen stimmen nicht, meine Wangen sind zu lang, die Augen schmal wie die Münzschlitze von Parkautomaten.

Ich sehe Mum ähnlich. Oder ihrer Mum, wie sie sagt, unserer Großmutter in Indien, wo wir nie waren. September sieht anders aus. Wir können uns zwar nicht an unseren Vater erinnern, aber bestimmt ähnelt sie ihm – glattes Haar, mit weichem, hellem Flaum bedeckte Wangen, blasse Augen wie ein Schneeleopard.

Was wir über ihn wissen, haben wir nur nach und nach in Erfahrung gebracht, und selten kampflos. Mum hat ihn kennengelernt, als sie dreiundzwanzig war und in Kopenhagen, wo er damals lebte, Urlaub machte. Drei Tage lang ist er ihr durch die Stadt gefolgt. Mum sagt, das war typisch für ihn. Obwohl er perfekt Englisch sprach – denn er ist hier aufgewachsen –, hat er sich einen Spaß daraus gemacht, Dänisch mit ihr zu reden. Es gefiel ihm, dass sie ihn nicht verstand. Auch das war typisch für ihn. Er ist gestorben. Wie? Vier Jahre lang haben wir sie gelöchert, bis sie schließlich nachgab. Ertrunken im Swimmingpool eines Hotels in Devon. Zu dem Zeitpunkt waren sie schon nicht mehr zusammen, und wir drei – September war gerade mal fünf, ich etwas jünger – wohnten woanders. Erst ein knappes Jahr später rief seine Schwester an, um Mum von seinem Tod zu erzählen. Wir haben gelernt, nicht nach ihm zu fragen. Uns fehlen die Worte, um ihn zu beschreiben. Wir haben ihn nicht gekannt. September hat mal gesagt, er sei ein Heulendergaunerbandenbildenderplünderer gewesen, woraufhin Mum lachte und meinte, das stimme, doch dann hat sie stundenlang gar nichts mehr gesagt und den Gesichtsausdruck bekommen, den wir schon kannten. Jedes dritte oder vierte Weihnachten kommt seine Schwester Ursa uns besuchen. Manchmal versuchen September und ich, ihr Informationen über ihn abzutrotzen, doch sie gibt nie nach. Ursa fährt ein Cabrio, bleibt nie länger als einen Tag und schläft im Hotel statt bei uns. Sie hat kurzes blondes Haar, und es ist vorgekommen, dass wir sie von hinten für ihn hielten, unseren lang verschollenen Vater, den Grund dafür, dass unsere Mutter so traurig ist und dass es uns gibt. Das Haus am Moor gehört Ursa, aber sie vermietet es; sie wohnt nicht hier, sondern füllt es mit Leuten wie uns, die nicht wissen, wohin.

Der Wind frischt auf, und wir entdecken in der Seitenwand ein Fenster, das zwar nicht groß ist, aber offenbar locker. Als wir dagegendrücken, schwingt es nach innen auf.

Mum steht vorn, vor dem Haus, in der Hand einen Stein aus dem nahe gelegenen Feld, den sie gleich durch das Fenster neben der Tür werfen wird. Ich halte mir die Ohren zu. Das Blut wummert mir in den Ohren, Angst schießt mir in die Knochen und steigt mir in die Kehle.

Wir haben ein offenes Fenster gefunden, schreit September. Ich glaube, wir passen durch. Mum dreht uns das versteinerte Gesicht zu, ihre Mundwinkel zeigen nach unten, in die Haut geritzt.

Das Fenster führt in eine Speisekammer. Als wir drin sind, greifen wir uns an den Händen. Der Fliesenboden ist schmutzig und da, wo er auf die feuchte Wand trifft, gesprungen. Holzregale. Dosen mit Suppe und Bohnen, ein paar ausgeblichene Spaghettipackungen. In der Luft hängt ein Geruch mit einer süßlichen Note, die ich nicht zuordnen kann. Die Decke ist niedrig, ich stoße mit dem Kopf gegen die nackte Glühbirne.

September summt, wie immer, wenn sie aufgeregt ist und will, dass ich es weiß. Ihr Summen kann alles Mögliche bedeuten. Hallo, wo bist du / Komm her / Lass das / Du nervst. Ich merke, dass ich mich vor dem Haus fürchte. Ich fürchte mich auch davor, dass Mum wütend ist und September genervt. Wir waren schon mal hier, ein Mal nur, ich kann mich fast nicht daran erinnern.

Was ist das?, frage ich.

Was?

Der Geruch.

Keine Ahnung. Eine tote Maus?

Sag doch nicht sowas.

Durch die Tür der Speisekammer spähen wir in den Flur, links ist die Haustür, daneben eine geschlossene Tür, wahrscheinlich zu einem Bad. Weiter hinten ist die Treppe, rechts eine weitere Tür und unmittelbar vor uns erstreckt sich das Wohnzimmer. Die Räume sind komisch angeordnet, irgendwie willkürlich, mit einer Speisekammer, die mehr oder weniger direkt ins Wohnzimmer führt. Es riecht nach Essen, das zu lange herumgestanden hat. Wir betreten das Wohnzimmer. In der Ecke kauert eine gedrungene, formlose Gestalt aus zerknittertem Stoff. Ich drücke Septembers Hand. Es ist unmöglich, dass wir hier sind, und wir können unmöglich bleiben. Auf dem nächstgelegenen Tisch steht eine Lampe, und ich renne darauf zu. Etwas wird umgestoßen und fällt vom Tisch. Ich habe Bienen im Bauch. Als das Licht angeht, gibt es ein hohes Surren von sich.

Hier ist nichts, sagt September. Keine Angst, Juli-Käfer. Sie geht durchs Zimmer und drückt die Lichtschalter. Es ist ein bisschen zu hell, so als wären in sämtliche Lampen die falschen Birnen eingeschraubt. Es riecht verbrannt, und als ich nachschaue, entdecke ich in einer der bauchigen Leuchten einen Mulch aus Spinnweben und toten Fliegen. Auf dem Sofa und dem Sessel liegen verschlissene Decken, davor steht ein niedriger Tisch mit mehreren Tassen, darunter stapeln sich Zeitungen. Der offene Kamin hat einen Holzsims, davor ist ein schmutziger Teppich gebreitet. Durch ein kleines Fenster fällt etwas Licht herein. Die niedrige Decke wird von Holzbalken gestützt. Wären wir größer, müssten wir den Kopf einziehen. Unter der Treppe stehen leere Bücherregale. Der Gegenstand, den ich vom Tisch gestoßen habe, liegt am Boden, halb unter dem Sofa. Als ich ihn aufhebe, mache ich mir die Hände schmutzig. Das Glas ist zerbrochen, hat zackige Ränder. September schlingt mir die Arme um die Hüften und legt das Kinn auf meine Schulter.

Keine Angst. Schau, es ist eine Ameisenfarm.

Ich drehe den Gegenstand um. Sie hat recht. Zwei Glasplatten, in einem schmalen Rahmen verankert, und mit Erde gefüllt. Darin verlaufen Tunnel, Höhlen und Rinnen, die einstürzen, als wir das Behältnis bewegen.

Ich hab sie kaputt gemacht, sage ich und fühle, wie es sein muss – zäh, lehmig, ausweglos –, in der Erde zu leben und sich da hindurchzuwühlen.

Wir können sie reparieren. Es gibt bestimmt irgendwo Klebeband. Und dann suchen wir uns ein paar Ameisen und tun sie hinein.

Es klopft an der Tür. Mum, die sich in Erinnerung bringt. Ich mache ihr auf. Sie sieht furchtbar müde aus, so, als hätte sie seit einer Woche nicht mehr geschlafen. Der Winter war lang, Weihnachten schlimm, ein erster Vorgeschmack auf das, was auf uns zukam, der Frühling zog sich. Im März dann die Prügelei in der Schule, der aufgeweichte Tennisplatz, der Schlamm an unseren nackten Füßen, meine Hände, die aussahen, als würden sie jemand anderem gehören. Danach sind wir noch zwei Monate in Oxford geblieben, jetzt ist Mai, und die Unwetter sind der Hitze gewichen. Ich will Mum die Wange streicheln, will, dass sie mich in die Arme nimmt, so wie früher, wenn wir alle dicht aneinandergedrängt im Doppelbett lagen. Doch ihr Kiefer ist angespannt. Sie schiebt sich an mir vorbei und lässt die Taschen auf den Boden fallen. Seit wir nicht mehr in die Schule gehen, bin ich auch müde. An manchen Tagen habe ich das Gefühl, als laste ein zweiter Körper auf meinen Schultern. Ich würde Mum gern davon erzählen und dann hören, wie sie sagt, dass sie sich genauso fühlt oder dass sie dafür sorgen kann, dass es mir wieder besser geht.

Wir blicken ihr nach, wie sie die Treppe hochsteigt. September pfeift zwischen den Zähnen hindurch und sagt leise ihren Namen – wie sie es manchmal tut, wenn sie sie ärgern will. Sheela. Kurz sieht es so aus, als würde sie innehalten und sich umdrehen, doch dann poltert sie weiter mit schweren Schritten die Holzstufen hinauf. Unter dem einen Arm trägt sie ihre Bettdecke, unter dem anderen ihre Arbeitsmappe. Wir stehen da und horchen, bis eine Tür ins Schloss fällt. Mum war früher auch schon traurig, aber da war es anders. Das jetzt ist schlimmer.

Sie ist so wütend, sage ich und fühle, dass September zunehmend genervt ist.

Das bleibt sie nicht ewig, antwortet sie.

Vielleicht schon.

Nicht auf dich, sagt September und zieht mich am Zopf, bis mir die Tränen kommen.

Die am weitesten vom Eingang entfernte Tür führt in eine kleine Küche. Im Spülbecken stapeln sich verkrustete Backformen, daneben liegt eine leere Brottüte, noch mehr Tassen stehen herum. Es gibt ein kleines Fenster. Umständlich klettere ich auf die Arbeitsfläche und ziehe am Griff, doch das Fenster klemmt, und ich sehe, dass Flügel und Rahmen absichtlich mit Farbe verklebt worden sind. In das weiche Holz getriebene Nägel tun ihr Übriges. Ich lasse mich wieder herunterfallen. Am Kühlschrank hängen gelbe Notizzettel – Ursas Handschrift, die mir von den Geburtstagskarten vertraut ist – und die Magnetbuchstaben A und J. Obwohl ich das Gefühl habe, etwas Ungehöriges zu tun, beuge ich mich vor und lese die Notizen, suche nach einer geheimen Botschaft oder einem Hinweis, irgendetwas, das ich September zeigen kann. Aber da steht bloß etwas über Müllabfuhrtage, eine klemmende Hintertür, Dinge, die man nicht verbrennen soll. Die Küche ist so schmutzig, dass es mich überall juckt. Ich drehe den Wasserhahn auf, warte, bis es kalt kommt, und wasche mir die Hände, doch sogar das Wasser fühlt sich schmierig an, glitschig weich. An der Tür steht September und pfeift ein paar Takte für mich.

Alles okay, Juli-Käfer?

Ja.

Neben der Speisekammer befindet sich das Bad mit Wanne und Toilette. September schaltet die Halogenlampe ein. Es gibt Hinweise darauf, dass vor Kurzem noch jemand hier war: einen Rest Seife auf dem dreckigen Waschbecken, Shampooflaschen in der Wanne, auf dem Boden einen Fleck, der vermutlich von Make-up stammt.

Von wem ist das?, frage ich, und als mein Daumennagel die Seife berührt, wird mir übel.

Keine Ahnung. Wahrscheinlich von Ursas Gästen. Ich habe gehört, wie Mum mit ihr telefoniert hat, ich glaube, sie hat jemanden rausgeworfen, damit wir hier wohnen können.

Wie lange bleiben wir?

Warum fragst du mich das?, schnaubt September. Und dann sagt sie: Keine Ahnung, warum Mum wollte, dass wir herkommen.

Tote Haut, sage ich und streiche mit dem Finger über den Waschbeckenrand, woraufhin September mir einen wütenden Blick zuwirft und verschwindet.

Mein Mund fühlt sich pelzig an, von der langen Fahrt und den Käse-Zwiebel-Sandwiches, die wir an einer Tankstelle gekauft haben. Plötzlich fällt mir ein, dass wir vergessen haben, die Zahnbürsten einzupacken. Sie stehen noch am Waschbecken unseres alten Hauses, des Hauses, in das wir nicht zurückkehren werden. Ich gehe ins Wohnzimmer, um es September zu sagen, doch sie ist oben, ich höre ihre Schritte. Die Erde in der Ameisenfarm verlagert sich, als hätte sich gerade etwas darin bewegt. Warme Luft dringt herein, unter der Haustür hindurch und aus dem Kamin. Ich will hören, welches Echo von den weißen Wänden kommt. Das Zimmer macht den Anschein, als sei es eben noch voller Leben gewesen. So leise wie möglich flüstere ich Septembers Namen, doch selbst das ist noch zu laut. Ich spüre die vielen Zimmer in meinem Rücken. Es mit allen gleichzeitig aufzunehmen, ist unmöglich. Ich spähe in die Küche und die Speisekammer, aber abgesehen vom Surren der düsteren Lampen sind sie leer. Dann gehe ich die Treppe hinauf, immer zwei Stufen auf einmal nehmend. Irgendetwas ist hinter mir, ist mir auf den Fersen, aber als ich mich, oben angekommen, umdrehe, sehe ich nichts.

Von dem schmalen Gang zweigen drei Zimmer ab. Das erste ist ein Schlafzimmer, das einzige Möbelstück darin ein in die Ecke gepferchtes Stockbett. Als wir das letzte Mal hier waren, gab es das noch nicht, da haben wir – glaube ich – auf einer Matratze am Boden geschlafen. An manche Sachen kann ich mich erinnern, andere haben sich verändert. Ich bemerke September erst, als sie sich im oberen Bett aufsetzt und mich auslacht. Mir schlägt das Herz bis zum Hals.

Wo warst du denn auf einmal? Meine Stimme ist schrill wie eine Hundepfeife. Seit wir klein waren, rechne ich ständig damit, dass sie geht und mich alleinlässt.

Hier, sagt sie. Ich wollte sehen, wo wir schlafen. Schau mal. Sie hält ein ramponiertes Fernglas in die Höhe.

Was ist das?

Das weißt du doch.

Ich muss an das zerknitterte Foto denken, das wir irgendwann im Handschuhfach von Ursas schickem Auto gefunden haben: Dad mit ungefähr zehn Jahren, und er trägt das Fernglas an einem Riemen um den Hals. Wegen dieses Dings hat er mir mal fast den Arm gebrochen, sagte Ursa, als sie uns mit dem Foto erwischte, und nahm es September wieder weg.

An den Wänden haben Poster ihre Umrisse hinterlassen, über der Tür hängt eine Uhr. Das Stockbett ist schmal wie eine Bank. September klettert leichtfüßig herunter und breitet die Arme aus: Ta-da.

Manchmal meine ich mich an die Zeit zu erinnern, als wir so klein waren, dass wir uns ein Gitterbett teilten, als vier Hände sich über unseren Köpfen ineinander wanden und wir die Welt aus exakt demselben Blickwinkel sahen. Damals konnte ich zwar noch nicht sprechen, aber ich glaube, dass wir uns trotzdem verständigt haben. Jetzt wünsche ich mir in einem fort, es wäre wieder so. Oder wie später, als wir ein bisschen älter waren und September sich über das Gitter hievte, sich auf der anderen Seite fallen ließ und rief, ich solle nachkommen, bis Mum sie wieder zu mir hereinsetzte oder uns beide mit in ihr Bett nahm, wo wir mit ineinander verschlungenen Armen dalagen, die Wange auf Mums Brust, Septembers Augen so dicht an meinen, dass ich jede einzelne feuchte Wimper sah. Ich sage: Wünschst du dir, dass es wieder so sein könnte? Wünschst du dir, dass es immer noch so wäre? Und sie sagt: Ich weiß nicht, wovon du redest, Juli.

Wir kauern vor Mums Tür, doch es ist nichts zu hören. Es ist nicht das erste Mal, dass wir hier sitzen und lauschen. Vielleicht schläft sie. Wir gehen weiter zur dritten Tür auf dem Flur. Sie führt in einen Abstellraum, in dem sich ein großer bauchiger Wassertank und eine unübersichtliche Ansammlung von Schaltern für Heizung und Warmwasser befinden. Auf dem Boden stehen Mausefallen, doch sie sind leer. Nachdenklich betrachten wir die Schalter. Das Innere des Tanks rumort, Regen fällt zinnern aufs Dach. Ich glaube, wenn ich aufmerksam genug horchen würde, könnte ich durch Septembers Handfläche hindurch den langsamen Gang ihrer Gedanken hören, das Glucksen der Wörter. Die letzten Wochen in der Schule fallen mir ein. Es hat viel geregnet, sodass die Dachrinnen übergingen und kleine Rinnsale über die Fenster flossen. Auf dem Hinweg hatten wir vom Auto aus einen toten Dachs gesehen. Die Gesichter der anderen Mädchen. Es gibt nur einen Grund, weshalb wir das Haus in Oxford verlassen haben und hierhergekommen sind. Und auch wenn es Septembers Idee war, die Mädchen zum alten Tennisplatz zu bestellen, ihnen eine Lektion zu erteilen, ihnen einen kleinen Schreck einzujagen, nichts weiter, liegt es nicht an ihr, dass wir im Ruhehaus sind. Daran ist nur eine schuld.

Willkürlich drückt September irgendwelche Knöpfe am Boiler. Sie trägt noch immer das Fernglas um den Hals, und es wackelt bei jeder Bewegung. Hinter der Wand ertönt ein schwerfälliges Ächzen.

Ich glaube, das war nicht schlau.

Unter unseren Füßen erbebt der Boden.

Gut möglich, antwortet September. Lass uns runtergehen. Ich hab Hunger.

Wir wollen den Kühlschrank plündern, doch da gibt es nichts zu plündern. Die Konserven in der kleinen Kammer sind seit Jahren abgelaufen, die Dosen verbeult, als hätte jemand auf sie eingeschlagen.

Komm, wir machen was anderes, sagt sie.

Der Regen peitscht schräg gegen die Fenster. Wir legen uns bäuchlings auf den Wohnzimmerboden, und September erzählt mir, wie wir die Wände streichen und welche Poster wir aufhängen werden. Ich höre nur mit einem Ohr hin. Das Zimmer hat dieselbe Atmosphäre wie vorhin, als spiele sich hier unsichtbares Leben ab. September hält sich das Fernglas vor die Augen und schwenkt es.

Ich beuge mich in die Speisekammer und taste nach dem Lichtschalter. Die Glühbirne flackert und erleuchtet mal die eine Wand, dann die andere, taucht die Regale abwechselnd in Licht und Schatten. Ich schiele auf die Dosen, will jedoch nicht weiter hineingehen. Schließlich knistert die Glühbirne und brennt durch. Der Raum versinkt wieder in Dunkelheit.

September entdeckt eine Hühnerpastete im Gefrierfach,

und wir beschließen, sie aufzuwärmen. Während wir warten, schauen wir auf dem Laptop alte Downloads von January-Hargrave-Interviews. Gleichzeitig horche ich, ob Mum runterkommt, um uns zu verzeihen. Uns alles zu verzeihen.

Ich finde, wenn das Internet nicht geht, sollten wir morgen wieder fahren, sagt September.

Wir lassen die Pastete zu lange im Ofen. Ich halte sie über den Mülleimer, während September die am schlimmsten verkohlten Stellen abkratzt.

Ich hab den Grill angestellt.

Macht doch nichts.

Aber als wir die Pastete anschneiden, zeigt sich, dass sie innen noch roh ist. Ich spucke rosafarbene Hühnchenteile in Septembers Hand. September probiert nicht mal. Wir werfen alles in den Müll.

Ich will nicht noch mal in die Speisekammer. September stöhnt, dann watet sie in die Dunkelheit und kommt mit einem ganzen Haufen verbeulter Konserven zurück. Eine Dose Pfirsiche ist erst vor einem Jahr abgelaufen. September sticht mit einem Messer hinein und gibt sie mir, damit ich den Saft aus der Öffnung saugen kann. Mir ist auf einmal schwindelig vor Hunger. Ich nehme September das Messer weg und bohre an der Öffnung herum, vergrößere sie, bis ich hineingreifen und Pfirsichstücke herauszerren kann, die ich ohne Kauen einfach hinunterschlucke.

Willst du auch?

Ich hab keinen Hunger.

Wir sitzen am Boden und nicht auf dem Sofa. Für eine Weile herrscht Stille. Der Pfirsichsaft ist sämig. September spielt auf dem Handy ein Album von Darcey Lewis ab, das wir in- und auswendig kennen.

Sie richtet sich auf und sagt: Ich bin hier geboren.

Was soll das heißen?
Sie antwortet nicht. Kälte kriecht durch den Kamin wie ein Finger. Hinter den Wänden gluckert und röhrt der Boiler. Ich setze mich auf die Knie.
Was soll das heißen, du bist hier geboren?
Es heißt: Ich bin hier geboren. Neulich Abend habe ich gehört, wie Mum mit ihrer Buchhändler-Freundin telefoniert hat. Sie hat gesagt: Es ist wahrscheinlich sogar noch dasselbe Bett.
Ich dachte, wir wären beide in Oxford geboren.
Dachte ich auch. Aber anscheinend nur du. Ich bin in diesem Haus geboren.
Mir wird klar, dass es mir etwas bedeutet hat, dass wir beide am selben Ort zur Welt gekommen sind. Zehn Monate auseinander, im selben Krankenhaus, vielleicht sogar im selben Bett; eine hinausgejagt von der anderen. Erst September und dann – so kurze Zeit später, dass wir genauso gut hätten zusammen kommen können – ich.
Mum mag dieses Haus nicht, sagt sie.
Warum denkst du das?
Ich weiß es einfach. Sie hat es schon damals nicht gemocht, als wir hier waren. Erinnerst du dich an den Sommer, den wir hier verbracht haben? Sie mochte es damals nicht, und sie mag es auch jetzt nicht.
Das weißt du doch gar nicht.
September bleckt die Zähne. Doch.
Und woher?
Ich weiß es einfach. Von den Sachen, die Mum gesagt hat.
Was hat sie denn gesagt?
Dass es der einzige Ort war, der infrage kam. Als ich in ihrem Bauch war, ist sie mit Dad und Ursa hier gewesen. Und später, wenn sie traurig war, sagt September. Sie brei-

tet die Arme aus, als wollte sie das niedrige Wohnzimmer, die Ameisenfarm, den fleckigen Kaffeetisch, die Küchentür umschließen. Dad ist hier zur Welt gekommen und ich auch. Ich kann mich daran erinnern.

Ich schaue sie an, um zu ergründen, ob sie lügt. Ich weiß, dass sie mich manchmal zum Spaß belügt oder weil sie sehen will, ob ich es merke. Manchmal lügt sie auch einfach nur so, weil sie es kann, und ich weiß nicht, wieso. Ich werfe die Pfirsichdose in den Müll. Der Abend versickert.

Später, im Halbschlaf: Septembers Flüstern an meinem Ohr, Mums Weinen aus dem Zimmer am Ende des Flurs. Im Halbschlaf: der Druck ihrer Finger auf meiner Wange.

2 Der Schlaf ist schwer, ohne Winkel, traumlos. Als Licht durch die Vorhänge fällt, wache ich auf, drehe mich um und döse noch einmal ein. Immer wieder schaffe ich es fast an die Oberfläche, kämpfe, versinke erneut. Mein Hals ist staubtrocken. Ich schlucke und schlucke. Schäle mich aus dem Bett. Die Uhr über der Tür: zwölf Uhr. Der Tag ist schon halb vorbei. Meine Brust tut weh, und als ich nachsehe, entdecke ich am Brustkorb rote Flecken. September ist nicht im oberen Bett. Ich gehe in die Küche, halte den Kopf unter den Wasserhahn und trinke in großen Schlucken. Dann bleibe ich ruhig stehen und horche, ob sich etwas bewegt.

September? Keine Antwort.

Ich gehe ins Wohnzimmer. Dort zeugen die Überreste von unserem Abend. Die auf dem Boden ausgebreiteten Kissen, unsere Wassergläser, der Laptop, der auf der Sofalehne balanciert.

September war mein Schlafschatten. Damals waren wir zehn oder elf. Ich erwachte vom Licht des Kühlschranks, den ich im Traum geöffnet hatte, oder von der Kälte, die durch das weit aufgerissene Fenster hereindrang. September stand hinter mir, die Hände auf meinen Schultern, und brachte mich zurück ins Bett. Ein Jahr lang war es wirklich schlimm. Die Fuge zwischen Schlafen und Wachen wurde immer schmaler. Ich schreckte aus einem Traum hoch, in dem etwas von der Decke gebaumelt hatte, und es war noch da, bereit, jeden Moment herunterzufallen. Die Tage ertranken in Traumlogik. Ich bildete mir ein, etwas verloren zu haben, und suchte stundenlang halbherzig nach etwas, das ich nie besessen hatte. September war immer da. Wenn ich schreiend erwachte, beruhigte sie mich und half mir, den mysteriösen verschollenen Gegenstand zu suchen. Ich bekam es mit der Angst zu tun. Ich begann zu glauben, dass der Schlaf ein eigenes Land ist und dass, sobald ich die Schwelle dorthin überschritt, nichts Gutes mehr passieren konnte. Die vermeintlichen Folgen hatten oft mit September zu tun. Wenn ich einschlief, würde September fortgehen. Wenn ich einschlief, würde September an einem Stromschlag sterben, ertrinken, verbrennen oder lebendig begraben werden. Wir verbrachten viel Zeit im Internet, mit dem Versuch, mich von meinen Ängsten zu befreien. Die Angst, lebendig begraben zu werden, heißt Taphephobie, die Angst vor Wasser Aquaphobie, die Angst vor Stromschlägen Hormephobie. Ich lernte, möglichst wenig zu schlafen. Träume waren wirre Knäuel, Träume waren Sümpfe, Träume waren der Sarg, in dem unser Vater begraben lag. Am Ende des Jahres hatte die Angst sich erschöpft, und ich konnte wieder schlafen. Wir dachten uns Rituale aus, die mir dabei helfen sollten: nach dem Aufwachen ein heißes Fußbad, um die Träume fortzuspülen, vor dem Zubettgehen die Haare bürsten.

    Das Jahr, in dem ich nicht schlief, war das Jahr, als wir zuletzt im Ruhehaus waren. Wir verbrachten den Sommer dort. Mum war krank, nahm täglich drei Tabletten, schlief viel. Das Jahr, bevor September darauf bestand, dass wir unsere Geburtstage zusammenlegten, sodass es wirklich keine Rolle mehr spielte, wie alt wir waren. Wir gingen an den Strand, Mum schlief auf einer Decke, und wir bauten Sandburgen und buddelten uns gegenseitig bis zum Hals ein. Manchmal watete Mum ins Wasser, ich klammerte mich vorn an ihr fest, September hinten, und wir hüpften, den Mund voll Schaum, in den Wellen und kreischten vor Kälte. Manchmal fuhren wir in die nächstgelegene Stadt und teilten uns eine Portion Fish and Chips, beißend scharfer Essig, salzige Kruste. Im Haus massierte Mum September Zitronensaft ins Haar, sodass es noch weißer leuchtete als sonst.

Wir spielten im Dunkeln. Nachdem unsere Augen sich daran gewöhnt hatten, konnten wir uns durchs Haus bewegen, ohne irgendwo anzustoßen; das war das erste Spiel. Das zweite Spiel hieß September sagt. Wir hatten es geklaut und angepasst. September hatte das Kommando, und ich war ihre Marionette und musste tun, was sie befahl. Wenn sie sagte: September sagt, mach einen Kopfstand, oder: September sagt, schreib deinen Namen mit Filzstift an die Wand, musste ich folgen. Wenn sie sagte: Mach einen Kopfstand, oder: Schreib deinen Namen mit Filzstift an die Wand, durfte ich genau das nicht tun und verlor ein Leben, wenn ich es versehentlich doch tat. Meistens hatte ich fünf Leben, und wenn die aufgebraucht waren, passierte etwas. Und zwar jedes Mal etwas anderes, je nachdem, wie September gerade gelaunt war. Es ging nicht um die Leben oder darum, ob ich gewann oder verlor, es ging um das Spiel an sich.

In jenem Sommer im Ruhehaus haben wir es fast ununterbrochen gespielt. Tagsüber waren die Sachen, die ich machen musste, einfach: September sagt, mach einen Purzelbaum. September sagt, schiel. Dreh dich auf der Stelle, dann verlierst du ein Leben. Mit dem Schwinden des Tages wurden die Aufgaben schwerer: September sagt, schneide dir die Fingernägel und wirf sie in die Milch. Schneide dir die Haare ab. September sagt, leg dich unters Bett und bleib eine Stunde dort liegen. Renn auf die Straße. September sagt, wirf alle deine Klamotten in den Abfalleimer und stell dich vors Fenster. Stich dir diese Nadel in den Finger.

Es war ein gutes Spiel. Solange wir im Haus waren, haben wir es die ganze Zeit gespielt, aber nach unserer Abreise kam es uns verkehrt vor und wir ließen es sein.

An manchen Tagen ging es Mum besser, an anderen schlechter. Wir lernten, die Zeichen zu deuten. September sagte oft, sie wünschte, Mum wäre nicht da, doch ich hatte Mum gern in meiner Nähe. Ich mochte das Ruhehaus und unsere Spaziergänge auf den Klippen, wenn Mum uns die Namen der Pflanzen beibrachte oder die Handlung einer Geschichte erzählte, die sie schreiben wollte. September war am liebsten mit mir allein, ich mochte es am liebsten, wenn wir alle drei zusammen waren, wenn wir uns, Mum in der Mitte, bei den Händen hielten und die Arme schwangen.

Hatte Mum einen schlechten Tag, gingen wir ihr aus dem Weg; manchmal streifte sie durchs Haus, als suche sie etwas, und eines Abends, wir spielten gerade, hörten wir, wie sie das Haus verließ. Durchs Fenster sahen wir zu, wie sie ins Auto stieg und davonfuhr. Das geschah nicht zum ersten Mal, darum wussten wir, dass sie wiederkommen würde.

September sagt, tu, als wärst du ein Haus, sagte September.

Ich wusste nicht, wie ich das anstellen sollte, aber ich streckte Arme und Beine aus und krümmte den Rücken, um Wände darzustellen. Mit einer hohlen Hand formte ich eine Fensterluke, und den anderen Arm ließ ich baumeln, um anzudeuten, dass die Tür auf- und zuschwang. Ich lachte.

September sagt, nicht lachen, sagte September. Sie krabbelte auf meinen Schoß und legte meine Arme um sich, sodass die Wände des Hauses sie zu umschließen schienen. In dieser Stellung verharrten wir lange, obwohl mir sämtliche Gliedmaßen einschliefen. Irgendwann wuchsen dem Haus Beine, es versteckte sich, und September machte Jagd auf es.

Als es dunkel wurde, standen wir am Fenster und hielten Ausschau nach dem Auto, versuchten, hinter dem Hügel Scheinwerfer zu erspähen.

Da?, fragte ich.

Nein, sagte sie.

Dann, einen Moment später: Da?

Nein, oder warte, nein, auch nicht.

Wir taten, als wären wir Bäume, die durch die Zimmerdecke wachsen, Vögel in den Bäumen, Mäuse in den Wänden.

Irgendwann später sagte September, horch, und wir rannten zum Fenster und sahen, dass sie recht hatte, da kamen Scheinwerfer, vier Augen, die nach und nach verschiedene Abschnitte der Straße und der Felder in Licht tauchten. Wir sahen zu, wie sie näher kamen, dann legten wir uns auf die Matratze in unserem Zimmer, zogen uns die Decke über den Kopf und hielten die Luft an. Erst waren da vier Scheinwerfer gewesen, jetzt waren auf der Treppe vier Füße, die kurz vor unserer Tür innehielten und dann weitergingen zu Mums Schlafzimmer. Wir rollten von der Matratze und krabbelten auf allen vieren hinaus auf den Flur.

Lange lagen wir auf dem Bauch vor Mums Tür, ermahnten uns gegenseitig, leise zu sein, und lauschten. Die Geräusche waren seltsam, wie von Tieren, von deren Existenz wir nichts geahnt hatten. Ich spürte den Boden unter mir, mein Knie juckte. Meine Lider flatterten zwischen Schlafen und Wachen, doch als ich zu September hinüberspähte, sah ich, dass ihre Augen sperrangelweit offen waren und sie kaum atmete. Wie war es möglich, dass man in einem Augenblick nichts wusste und im nächsten alles? Das Haus nahm die Geräusche auf und verstärkte sie, leitete sie weiter in unsere Richtung. Ich glaubte, Mums Stimme zu erkennen, war mir aber nicht sicher; das konnte genauso gut eine Fremde sein. Außerdem war da eine Männerstimme.

Ein Husten stieg in meiner Kehle hoch und platzte heraus, September packte meine Hand, wir sprangen auf und rannten in unser Zimmer, wo wir uns auf die Matratze legten und regungslos verharrten.

Am nächsten Tag sagte September, sie habe das Gefühl, alles sei nun anders, und ich wusste nicht, ob sie recht hatte oder nicht. Sie sagte, es sei nicht nur eine kleine Veränderung, sondern ein Riesenunterschied.

Der Himmel hinter dem winzigen Wohnzimmerfenster ist alt, die Straße, ein Schlagloch nach dem anderen, windet sich wie ein Band in die Ferne, der Hügel oder Berg dahinter ist nur halb zu sehen. Ich meine, das Meer zu hören, hoffe, dass wir hingehen. Ich bin barfuß, und der Boden ist kalt wie Stein. Ich wünschte, wir wären in Oxford, über unseren Köpfen wäre Mum in ihrem Arbeitszimmer zu hören und September würde in der offenen Tür stehen und sagen, es sei Zeit, aufzustehen und die Sonnenfinsternis anzuschauen.

Mum muss nachts runtergekommen sein, denn einige Dinge sind ausgepackt: der Fernseher in der Ecke, Bücherstapel an der Wand. Außerdem muss sie einkaufen gewesen sein, denn in der Speisekammer gibt es Essbares, die Art von Essbarem, die September als Weltuntergangskost bezeichnen würde: noch mehr Dosen mit Obst und Bohnen, H-Milch. Im Gegensatz zu gestern Abend fühlt sich das Haus nicht lebendig an, sondern leer. Als hätten sie mich, während ich schlief, verlassen. Auf dem Küchentresen liegen neue Glühbirnen. Ich nehme eine aus der Packung.

September? Das Haus ächzt und stöhnt. Ich spähe in die Speisekammer. Ich stelle mir vor, wie ich September erzähle, dass ich ganz allein die Glühbirne ausgetauscht habe, strecke die Hand nach der alten aus, umfasse sie, drehe aber nicht. Die neue Birne lege ich in eins der Regale und schiebe sie nach hinten, dann vergewissere ich mich, ob ich das Licht ausgeschaltet habe. Im Badezimmer ertönt ein Geräusch, das mich kurz ablenkt, gefolgt von einem Klirren hinter mir in der Speisekammer. Aus dem Wohnzimmer fällt gerade genug Licht hinein, dass ich die neue Birne auf dem Boden erkenne, die Scherben verstreut bis zu meinen Füßen. Ich mache die Kammer zu, gehe zum Bad und stoße die Tür auf. Ein stechender Schmerz fährt mir in die Schläfen, ein Gefühl wie Angst. September sitzt glitschköpfig in der Badewanne und prustet einen Schwall Seifenwasser aus.

Wo warst du?, frage ich und höre einen Hauch von Verzweiflung in meiner Stimme. Ich habe dich gerufen. Ich habe eine Glühbirne zerbrochen.

Sie schlägt so heftig mit den Händen aufs Wasser, dass es auf den Boden spritzt. Du hast ein Jahr geschlafen.

Das war kein Jahr. Kann ich reinkommen?

Ich bin fertig. Ihre große Zehe taucht auf, drum herum gewickelt die Kette vom Stöpsel. Gluckernd läuft das Wasser ab. Sollen wir ein Festmahl veranstalten und uns irgendwas anschauen? Sie steigt aus der Wanne.

Ich bin sprachlos, dass sie ohne mich ein Bad genommen hat. Daheim haben wir oft zusammen gebadet, den Laptop auf einem Stuhl neben der Wanne, sodass wir David Attenborough schauen oder alte Folgen der *Desert Island Discs* anhören konnten. September mag es, in kochend heißem

Wasser zu liegen und dabei kalte Sachen zu essen: Himbeereis oder vom Stiel rutschende Magnums. Ich kenne Septembers Körper besser als meinen eigenen. Oft – wenn ich an mir herunterschaue – überkommt mich Verwirrung, und ich erschrecke, wenn ich im Spiegel mein Gesicht erblicke statt ihres. An ihrem rechten Fußgewölbe befindet sich ein Muttermal, das aussieht wie eine zusammengerollte Schlange, wenn sie zu lange in der Sonne ist, wird ihre Haut rot, und an ihrem Schlüsselbein wächst ein schwarzes Haar, das ich ihr liebend gern ausreißen würde, aber sie lässt mich nicht, sondern sagt, sie will es für immer wachsen lassen. Septembers Körper ergibt für mich mehr Sinn als mein eigener. Ich reiche ihr ein Handtuch. Sie sieht größer aus als in Oxford, es ist, als nehme sie hier mehr Raum ein. Ich stupse ihre Hüfte an. Warum hast du ohne mich gebadet?

Keine Ahnung. Wahrscheinlich, weil mir danach war.

September fegt die Scherben der Glühbirne zusammen, dann schrauben wir eine neue ein und probieren Sachen aus der Kostümkiste an, die wir aus dem Auto geholt haben. Wir malen uns ein breites Lippenstiftlächeln ins Gesicht und hinterlassen Küsse auf den Fensterscheiben. Weil wir es nicht fertigbringen, etwas wegzuwerfen, gibt es Kleider mit Löchern an den Ellbogen, durchgescheuerten Stellen unter den Achseln oder Essensflecken am Saum. Die Lieblingsschuhe, die wir abwechselnd tragen, sind so gut wie durchgewetzt. Ich entscheide mich für ein spitzenbesetztes Kleid mit dünnen Seidenärmeln und sehe September zu, wie sie in der Kiste wühlt.

Hör auf, mich zu beobachten, sagt sie.

Was soll ich denn sonst tun?

Schau nach, was noch in der Speisekammer ist.

Ich finde Kichererbsen, Dosentomaten und Reis, aber ich habe keine Lust zu kochen. Die Glühbirne leuchtet heller, als sie sollte, und brennt nach fünf Minuten durch. Ich halte im Dunkeln die Luft an und versuche, mich nicht zu fürchten. Als ich ins Wohnzimmer gehe, um September von der Glühbirne und dem Essen zu erzählen, höre ich Schritte auf der Treppe. Mum. Ihre Haare sind ungewaschen und zu einem Knoten gebunden. Obwohl die Heizung voll aufgedreht ist, trägt sie mehrere Schichten übereinander. Ihr Schlafanzug ist bekleckert, sie hat eine Tasse und einen Teller in den Händen. Offenbar ist sie nachts runtergekommen und hat sich was zu essen geholt; nachts, damit sie uns nicht sehen muss. So ist das. Sie bleibt auf der Treppe stehen, sieht mich an und dreht den Kopf, hält Ausschau nach September, die nicht mehr in der Kiste wühlt, sondern auf dem Sofa sitzt und nicht mal flüchtig vom Fernseher aufblickt.

Mum sagt: Ich muss das hier abwaschen. Gehen wir in die Küche?

Die Küche ist zu eng für uns drei. September hievt sich auf die Arbeitsplatte und zieht ein finsteres Gesicht. Mum steckt den Stöpsel in den Abfluss und dreht das Wasser auf. Als ich sie so sehe, fällt mir die Buchpräsentation ein. Sie hatte ein goldenes Kleid an und rote Schuhe mit Samtbändern, die sich um ihre Waden schlängelten. Ihre Wangen waren rot vom Wein, und sie legte uns die Arme um die Schultern. Um Mitternacht stand sie barfuß im Pub und unterhielt sich mit jemandem aus der Buchhandlung. September kam ganz dicht an mein Ohr und flüsterte: Sie sieht aus wie eine Göttin. In dem Augenblick haben wir sie geliebt, bereitwillig, unendlich, auf eine Weise, wie wir es wahrscheinlich selten tun. Meistens ist sie einfach nur da. Meistens ist sie einfach nur unsere Mutter und da wie ein Tisch oder ein Stuhl.

Das Haus um uns herum gurgelt. Das Wasser würgt sich aus dem Hahn. Mum sieht uns nicht in die Augen. Sie wäscht ab und reicht das Geschirr zum Abtrocknen an mich weiter. Ich wiederum gebe es September, die es in den Schrank räumt. Ich möchte Mum sagen, dass es uns leidtut, dass uns wirklich leidtut, was in der Schule passiert ist, und dass wir doch gemeinsam an den Strand gehen könnten oder irgendwohin zum Abendessen. Und ich möchte, dass auch September das sagt. Als ich sie ansehe, zuckt sie mit den Schultern und sagt: Mum ...

Ich brauche einfach Zeit, sagt Mum. Ich spüre, wie ihre Worte die Stille durchbrechen. Ich fühle sie an den Armen und im Gesicht. Mum legt den Schwamm weg und sieht uns an. Eine Mutter hört nie auf, ihre Kinder zu lieben, komme, was wolle, sagt sie. Egal was ist, ich bin immer da. Aber ich brauche Zeit. Okay?

Wir nicken, und sie verschwindet.

Ich nuckle den Saft aus einer neuen Dose Pfirsiche, und September macht mir Nudeln mit Butter, die ich auf dem Tresen sitzend esse. September will nichts, aber ich habe immer noch einen Riesenhunger.

Gibt's noch was?

Sie verdreht die Augen, sticht aber eine weitere Dose auf, diesmal eine mit Birnen, die ich komplett vertilge. Mein Skelett fühlt sich an, als liege es zu dicht unter der Haut, es scheuert an den Gelenken, und die Wangenknochen knirschen.

Wir schauen eine Folge *33*, die wir sicher schon zwanzigmal gesehen haben. Der Ton ist aus, sodass die Figuren zwar den Mund bewegen, aber stumm sind. *33* ist unsere Lieblingsserie. Eine der ersten von January Hargrave – unserer

Lieblingsregisseurin –, in der zwei Frauen, eine Pathologin und eine Bibliothekarin, von denen man nur die Nachnamen kennt, Hadley und Bell, merkwürdige Vorfälle an abgelegenen Orten aufklären, unpassende Typen daten und mehrmals pro Staffel sterben und wieder auftauchen. Wenn uns langweilig ist, schauen wir Naturdokus. Wir mögen Eidechsen, Reptilien und Schlangen, die, mit erhobenem Kopf, bäuchlings durch den Sand gleiten. Wir mögen fleischige Gemetzel, Löwenrudel, die Gazellen erlegen, oder Leoparden, die mit ihrer Beute auf Bäumen sitzen. Wir mögen David Attenboroughs ruhige Stimme; es klingt immer so, als hätte er die Kontrolle über alles, als würde keines der Tiere sich bewegen, wenn er es nicht sagt. Die Tiere laufen und halten inne, sie schwimmen und buddeln und fressen und sterben. Wir sitzen ruhig auf dem Sofa, atmen und verdauen und zittern und schwitzen und frieren.

Mir ist langweilig, sagt September und zwickt mich so fest in den Arm, dass auf der Haut ein weißer Fleck erscheint.

Nur langweilige Leute langweilen sich, antworte ich. Es ist ein nachgeplapperter Spruch von Mum, und September zwickt mich noch fester. Dann deutet sie über meine Schulter.

Los, lass uns was reintun.

Ich sehe nach, wovon sie spricht. Auf dem Tisch steht die Ameisenfarm, so, wie wir sie zurückgelassen haben.

Sie ist kaputt.

Na und? Es gibt sicher irgendwo Klebeband. Komm schon. Du schaust in der Küche nach.

Ich öffne und schließe Schubladen und tue so, als würde ich suchen. Dabei stelle ich mir vor, wie die Ameisenfarm nachts überquillt und ich aufwache und feststelle, dass mein Laken ganz verkrustet ist. Auf dem Kühlschrank, neben

einem Stapel alter Briefe, finde ich eine Rolle Paketband. Ich halte es unschlüssig in der Hand, bis September hereinkommt und es mir wegnimmt.
Willst du nicht?
Doch.
Das wird lustig. Sie bauen sich ein Haus. Wusstest du, dass eine zerquetschte Ameise Pheromone ausscheidet, die dafür sorgen, dass alle anderen Ameisen in ihrer Nähe in den Angriffsmodus gehen?
Sie hockt sich, die Farm zwischen den Knien, auf den Boden, wickelt einmal Klebeband rundherum und schneidet es anschließend so zurecht, dass wir ins Innere sehen können. Meine Haut juckt, und ich vergrabe die Finger in den Haaren, um mich am Kratzen zu hindern. September stellt die Ameisenfarm zurück auf den Tisch, dann schlingt sie mir einen Schal um den Hals, stopft meine Arme in die Ärmel von Mums Mantel und schiebt meine Füße in irgendwelche Stiefel, die neben der Tür stehen. Die Wolken haben ihren Regen noch nicht hergegeben, es ist warm und windstill. Die Luft riecht nach Meersalz. Wir kauern uns neben der Tür auf den Boden und beginnen ihn zu erkunden, schauen unter Blätter und schieben Erde beiseite. Ich finde einen Käfer und eine dünne Spinnennetzschicht. September stöbert in der Nähe der Mauer, dabei bewegt sie sich hopsend vorwärts, ohne sich zwischendurch aufzurichten. Sie sagt, der Boden sei ameisenzerpflügt, aber wir finden trotzdem keine. An der Art, wie sie mit der Zunge im Mund stochert und mir durch einen Pfiff zu verstehen gibt, dass ich weitersuchen soll, erkenne ich, dass sie genervt ist. Ich finde noch ein paar rostige Münzen, meine Finger sind feucht von Schmutz, dem Mulch abgestorbener Blätter. Am liebsten würde ich reingehen und meine Hände unters laufende Wasser halten, aber

das kann ich erst, wenn sie es tut. Wir suchen eine gefühlte Ewigkeit lang. September findet den Käfer, den ich auch schon entdeckt hatte, hebt ihn grummelnd auf und setzt ihn in die Farm. Wir sehen zu, wie er herumirrt und gegen das Glas stößt.

Das ist keine Ameise. Graben Käfer überhaupt?, frage ich, aber September zwickt mich bloß wieder in den Arm und schleudert die Stiefel von den Füßen. Wenn sie auf mich wütend ist, weiß ich nicht, was ich tun soll.

Mir ist so schwindlig, dass ich mich setzen muss. Ich habe vollständige Sätze im Kopf, doch wenn ich versuche, sie auszusprechen, ersticken die Wörter sich gegenseitig, mein Kopf zuckt, und ich bekomme keinen Ton heraus. September legt mir die heiße Hand auf die Stirn, und ich schließe die Augen. Als ich sie öffne, ist September schon wieder weggerutscht, aber ihre Hand, zu warm, spüre ich noch.

September sagt: Kannst du dich noch an die Sonnenfinsternis erinnern?

Wir sind früh aufgestanden, um sie anzuschauen. Mum hat uns Frühstück gemacht – Rührei, Brot aus dem kleinen Laden an der Ecke – und ist dann zum Arbeiten nach oben gegangen. Wir waren ungefähr elf. Am Vorabend hatten wir einen Karton mit einem sorgfältig abgemessenen Loch gebastelt. Ich hatte mich mit dem Teppichmesser geschnitten und war vor Schreck erstarrt, bis September es mir nachmachte, lachte und auf den roten Tropfen am Boden zeigte.

Das war der Tag, an dem ich ihr das größte Versprechen gab, das man jemandem geben kann.

Wir gingen mit dem Karton hinaus auf den Bürgersteig. Die Leute waren auf dem Weg zur Arbeit. Außer uns schien niemand zu bemerken, was vor sich ging. Die Welt war mit einer Blindheit geschlagen, die wir nicht fassen konnten. Wir stellten uns auf die Treppe und beobachteten, wie sich der dunkle Kreis vor das Licht schob. Es war aufregend und wunderbar, und anschließend träumte ich eine Woche lang, dass die Sonnenfinsternis mir das Augenlicht nahm und in mein Blut einsickerte.

Es hat gebrannt, sagt September, und ich weiß, sie meint den Moment, als wir einander herausgefordert haben, als wir atemlos den Karton weggestellt und in den Himmel geschaut haben. Ein ganzer Tag verging mit dem Abbild dieses Blitzes im Augenwinkel und dem Gedanken, dass es das einzige Mal sein würde, dass wir etwas auf die exakt gleiche Art gesehen hatten. Dem Wunsch, dass es immer so sein möge.

Ein Mann taucht auf, um das Internet zum Laufen zu bringen. Seine Hose rutscht, und er scheint uns nicht besonders zu mögen, nicht mal, als wir ihm eine Tasse Tee mit H-Milch aus der Speisekammer machen. Während er sich abmüht, lungern wir neben dem Telefonanschluss herum.

Wie funktioniert das?, fragt September.

Wie funktioniert was? Er hat knochige Hüften, wie eine Ziege, und eine Stirnglatze. Ich finde, er sieht aus wie eine Figur von January Hargrave, und als September den Gedanken auffängt, prustet sie durch die Nase. Irgendwie können wir einander hier besser hören. Liegt das daran, dass es der Ort ist, an dem unser Vater und September geboren wurden, wo der Klang der Zimmer so anders ist als an allen Orten, an denen wir vorher gewohnt haben? Der Mann schaut uns von der Seite an und dreht das Werkzeug in seinen Händen.

Das Internet, sage ich, und September lacht hinter vorgehaltener Hand.

Wie das Internet funktioniert? Er sieht uns an, als wären wir verrückt.

Ja.

Ich glaube, sagt er, es überträgt Radiofrequenzen zwischen verschiedenen Geräten. Reicht das?

Ich glaube nicht, dass das stimmt, sagt September. Aber ich sage: Ja.

Nun dreht er sich zu uns um, stemmt die Hände in die Hüften. Was jetzt? Ja oder nein?

Ja, sage ich, im Großen und Ganzen.

Es gibt irgendein Problem mit dem Router. Der Mann geht nach draußen, um zu telefonieren, und schielt dabei in die tiefer stehende Sonne. Wir beobachten ihn durchs Fenster und durchwühlen dann seine Tasche, zerren Kabel und Ladegeräte heraus, tippen auf dem ganz unten versteckten Tablet herum und schnuppern an der Zigarettenschachtel und der Thermoskanne mit Kaffee. Als wir halb fertig sind mit dem Stöbern, werde ich so nervös, dass ich die Hände nicht mehr bewegen kann, und September macht allein weiter; sie gräbt, schiebt Sachen zur Seite und schnalzt mit der Zunge. Wir hören den Mann, seine Schritte auf dem unebenen Boden. September dreht sich um, schaut zu mir hoch und steckt etwas in die Tasche. Dann scheucht sie mich in die Küche, wo wir uns nebeneinander vor den offenen Kühlschrank stellen und hineinschauen.

Wollen Sie Bohnen?, fragt September. Käse haben wir nicht, aber in der Speisekammer sind Bohnen.

Nein, antwortet der Mann und beugt sich mit prüfendem Blick über die Tasche.

Wir beobachten ihn heimlich, tun so, als würden wir miteinander flüstern, machen den Kühlschrank auf und zu.

Ich sehe, dass er uns argwöhnisch betrachtet, und schaue schnell weg, während September die weißen Zähne bleckt und grinst. Weil der Mann uns mehr oder weniger ignoriert, wird uns langweilig, und wir verziehen uns aufs Sofa, wo wir die Attenborough-Folge mit dem Affen schauen, der durch den Wald schwimmt und die ganze Zeit misstrauisch die Wasseroberfläche beäugt. Das Ding, das September geklaut hat, scheint der Mann gar nicht zu brauchen. Ich bin erleichtert. Irgendwann verschwindet September im Bad und macht die Tür hinter sich zu. Sie dreht den Wasserhahn auf, was bedeutet, dass sie nur vorgibt, aufs Klo zu gehen. Der Mann beugt sich noch einmal über die Tasche, wobei ihm die Hose von den Hüften rutscht.

Kann es sein, dass jemand an meiner Tasche war?, fragt er.

Ich beiße mir auf die Zunge.

Hast du gehört?, sagt er. Da war ein Kabel drin. Weißt du, wo das hingekommen ist?

Ich schüttele den Kopf.

Vorhin war es noch da. Na los, sag schon. Inzwischen hat er sich aufgerichtet. Hör auf, dich dumm zu stellen. Wo ist es? Im Kühlschrank. Sehr lustig. Jetzt sag schon.

Er geht in die Küche und sieht im Kühlschrank nach.

September kommt aus dem Bad. Wir haben es nicht, sagt sie laut über das Murren des Mannes hinweg. Wir haben das Scheißding nicht.

Sehr lustig. Der Mann steckt die Hände in die Hosentaschen und schiebt das Kinn vor. Wirklich sehr lustig. Na los. Her damit. Soll ich das Internet zum Laufen bringen oder nicht?

Soll ich das Internet zum Laufen bringen oder nicht, echot September. Ihr ganzer Körper ist angespannt, die Finger sind wie Krallen gekrümmt, der Mund bösartig verzogen.

Schluss damit, sagt er.
Schluss damit, wiederholt September.
Der Mann wirft mir einen flehenden Blick zu. Ich schweige. Er versteht nicht. Was soll ich denn sagen?
Es dauert keine zehn Minuten mehr, vorausgesetzt ich kann in Ruhe arbeiten.
In Ruhe arbeiten, sagt September.
Herrgott noch mal.
Herrgott noch mal.
Bevor ich gehen kann, muss ich das fertig machen, erklärt er und ringt die Hände.
Fertig machen, sagt September mit einem breiten Grinsen. In mir zieht sich alles zusammen, so übel ist mir. Der Mann schweigt. Immer wieder ballt er die Hände zu Fäusten, scheint etwas sagen zu wollen, aber dann überlegt er es sich doch anders. Das Schweigen dauert so lange an, dass es unangenehm wird. September verschwindet wieder im Bad. Ich zucke mit den Schultern – meine Art, mich zu entschuldigen, ohne dass September es mitbekommt. Der Mann geht nach draußen, und ich höre ihn die Tür seines Transporters aufmachen. Wahrscheinlich sucht er ein neues Kabel.

September sitzt in der leeren Wanne, sie lässt die Arme über den Rand baumeln und hat den Kopf zurückgelegt. Ihre Augen sind geöffnet und verdreht, sodass nur das Weiße zu sehen ist.

Warum hast du das getan?, frage ich.
Warum nicht?
Wir hören, wie der Mann wieder ins Haus kommt und durchs Wohnzimmer geht. Ich steige zu September in die Wanne. Gemeinsam lauschen wir den Geräuschen des Hauses und des Mannes, der das Internet repariert. Manchmal verlagert September ihr Gewicht oder richtet sich auf und

schaut sich um, und ich sehe schon kommen, dass sie wieder zu ihm hingeht, um ihn zu ärgern oder in die Enge zu treiben wie gerade eben. Aber sie bleibt in der Wanne, spielt mit der Kette, an der der Stöpsel hängt, und lächelt mich hin und wieder an, als würden wir uns über denselben Witz amüsieren. Nach einer Weile, es hat nicht lange gedauert, hören wir, wie der Lieferwagen davonfährt.

Ich mochte ihn nicht, sagt September. Mach keine große Sache draus. Damit springt sie aus der Wanne und geht singend ins Wohnzimmer.

Endlich haben wir Internet, und September stößt – trotz allem, was war – einen Freudenschrei aus. Sie macht fünf Tabs gleichzeitig auf, und wir hören ein Album von Darcey Lewis. Dabei schauen wir uns auf Google Maps die Umgebung an und versuchen herauszufinden, wie weit es zum Meer ist. Es gibt einen Weg übers Feld und einen Hang hinunter, direkt an den Strand.

Glaubst du, wir werden hier zur Schule gehen?, frage ich.

Wir liegen Kopf an Kopf auf dem Boden und zupfen Wollfäden aus dem Teppich. Septembers Kopf ist knochig wie ein Dinosaurierschädel, und ihre Haare riechen nach Schmutz und Rauch. Die Sache mit dem Internet-Mann ist Geschichte und wird nicht mehr erwähnt, weil September es so will.

Ich glaube nicht.

Kriegen wir dann nicht Ärger?

Mit wem?

Darauf weiß ich nichts zu erwidern. Wir schauen so lange fern, bis meine Augen brennen und ich Kopfschmerzen kriege. September massiert mir die Kopfhaut, fester als mir angenehm ist. Gleichzeitig surfen wir im Internet, was die Schmerzen noch verstärkt. Wir haben Profile auf mehreren Websites, mit Fotos, die wir über Suchmaschinen gefunden haben. Wir geben uns als irgendwelche Frauen aus und schreiben ältere Männer an oder sie uns. Wir halten uns den Mund zu, damit Mum nicht hört, wie wir über das, was sie schreiben, oder die Fotos, die sie schicken, lachen. Irgendwann geben wir uns zu erkennen, als wäre das Ganze ein Zaubertrick, und September erklärt, dass wir minderjährig sind oder verdeckte Ermittlerinnen. Dann löschen die Männer ihren Account oder schicken fiese Nachrichten. Das ist der Teil, der September am besten gefällt. Sie antwortet dann genauso fies und manchmal sogar noch schlimmer. Immer übertreibt sie es, und ich muss so tun, als würde ich zuschauen, obwohl ich eigentlich an was ganz anderes denke. Wir mögen die Reddit-Threads, in denen es um Serien und Filme geht und die Leute über Figuren und Handlungsstränge diskutieren. Wir mögen Wikipedia, die unendlichen Wissensvorräte, die überbordenden Fakten, die inmitten der Wahrheit verborgenen Fehler und Lügen. Letzten Sommer waren wir besessen von Computerviren, diesen zappelnden, anpassungsfähigen Wesen, die sich vorsichtig oder in Schwärmen ihren Weg ins Innere bahnen und monate- oder jahrelang unbemerkt bleiben. Wir stoßen auf ältere Einträge mit Gerüchten über einen neuen January-Hargrave-Film, die wir zum wiederholten Mal lesen. Ein paar davon kommentieren wir und bitten um mehr Informationen.

Gehen wir nach draußen?

Ist doch schön, den ganzen Tag drin zu bleiben, sagt September und streckt sich, bis ihre Handgelenke knacken. Das passt gar nicht zu ihr. In Oxford war sie die Rastlose. Immer wollte sie im Fluss baden oder mit dem Bus rausfahren aufs Land.

Hier ist es anders, sagt sie. Irgendwas ist hier anders. Sie schiebt ihren Kopf dicht vor mein Gesicht und macht ein saugendes Geräusch, dann flüstert sie mir ins Ohr: Weißt du noch?

Was?

Ich denke an den Tennisplatz, verhangen vom Regen, der schon den ganzen Tag gefallen war. Der aufs Glasdach des Biologiesaals trommelte, auf die undichte Decke der Sporthalle, den toten Dachs und die Kapuze von Septembers Regenmantel, als sie vor mir her durch den matschigen Wald ging.

Im Ruhehaus glüht mein Gesicht, und der Kragen von meinem Kleid ist unangenehm hoch. Ich hebe den Kopf. In der gegenüberliegenden Ecke schwebt eine Miniatur des Hauses, ein bisschen wie diese offenen Puppenhäuser. Die Zimmer gleichen Organen, die unter dem Blutstrom vibrieren. In einem sitzt Mum, eine Tasse Kaffee neben sich, an einem Reißbrett und zeichnet. Das Stockbett ist nicht gemacht und übersät mit den Kleidern, die wir anprobiert haben. Im unteren Bett liegt jemand, jemand mit Haaren wie meinen. Die Wanne im Erdgeschoss ist bis knapp unter den Rand gefüllt, und braun vor Matsch. September steht in der Küche, vor dem offenen Kühlschrank, dessen Licht ihr ins Gesicht fällt. Sie ist auch im Bad und auf dem Sofa, den Laptop auf dem winzigen Schoß, den Blick starr auf den Bildschirm gerichtet, außerdem hockt sie auf dem Dach und klammert sich an den First.

Ihr Mund ist dicht neben meinem Ohr. Als sie etwas sagt, dringt ihr Atem in meinen Kopf ein.

Was?

Nichts. Wo warst du?, fragt September.

Ich blinzle und sehe ein Nachbild des Hauses hinter meinen geschlossenen Lidern, ähnlich dem Nachhall, den die Sonnenfinsternis hinterlassen hat. Wie spät ist es?

Keine Ahnung. Vier?

Wir schauen auf die Digitalanzeige am Herd. Es ist zehn vor acht. Draußen wird es bereits dunkel, ohne dass wir es gemerkt haben. Der Tag fühlt sich an wie weggespült, die Stunden sind verschluckt. Ich bin schon wieder hungrig, finde in der Speisekammer aber nichts, worauf ich Lust hätte. Im Haus herrscht eine Gluthitze, und als ich die Hand auf die Heizung lege, verbrenne ich mich. Wir stapfen nach oben, um den Boiler zu inspizieren, und stellen fest, dass die Heizung auf Hochtouren läuft.

Glaubst du, es ist der da?, fragt September. Aber obwohl sie alle möglichen Knöpfe drückt und alle Regler verstellt, ändert sich nichts. Was machen wir jetzt?

Ich schüttele den Kopf, in dem es, genau im Takt der in den Wänden pulsierenden Hitze, hämmert. Am liebsten würde ich bei Mum klopfen und sie herauslocken, aber wenn September es nicht vorschlägt, tue ich es auch nicht.

Selbst wenn wir sie fragen, würde sie nicht kommen, sagt September. Sie will gerade nichts mit uns zu tun haben.

3 In Oxford hatte es auch früher schon immer wieder Ärger gegeben. Ich wusste, dass ich manchmal vergaß, wo ich war, oder laut vor mich hin sang, wusste, dass die anderen Mädchen – und ein paar von den Jungs – das mitbekamen und es mir als Schwäche auslegten. Manchmal nahmen sie mir im Bus die Schultasche weg und klauten Dinge daraus, oder jemand stieß beim Mittagessen mein Wasserglas um. An den Klowänden stand mein Name: *Juli ist scheiße. Juli hat kein Leben.* Aber es war immer so, dass es ihnen irgendwann langweilig wurde oder sie ein interessanteres Opfer fanden oder September sich einschaltete. Wie es mir dabei ging, weiß ich eigentlich gar nicht. Wenn ich in der Schule war oder mit Mum am Küchentisch saß, überkam mich oft das Gefühl, dass ich mich irgendwie außerhalb meines Körpers befand und die Dinge um mich herum nicht richtig berühren und sehen konnte. Erst wenn September wieder in meiner Nähe war, kehrten die Farben zurück und ich konnte Schmerz spüren oder das Mittagessen in der Schulkantine riechen. Sie verankerte mich. Nicht in der Welt, aber mit sich.

Ich habe sie gern beobachtet. Diese anderen Menschen, die so anders waren als wir. Vor allem die Mädchen. Wie sie sich bewegten. Sie waren artig, aber nicht zu artig; bestimmt, aber nicht zu bestimmt; schlau, aber nicht zu schlau. Sie spielten ein Spiel, das wir nicht beherrschten.

Lange hatte ich sie ignoriert, aber im neuen Jahr hatte sich etwas verändert und bis März war es immer schlimmer geworden. Vielleicht lag es am Wetter – das grässlich war – oder an der Tatsache, dass die Prüfungen bevorstanden, oder an irgendetwas, das ich getan hatte, oder an rein gar nichts. Im Bus hörte ich ihr Gerede wie Gewehrsalven aus der letzten Reihe, hörte, wie sie meinen Namen sagten, spürte, wie September sich neben mir versteifte. Sie bewegten sich im Rudel durch die Schule und rempelten mich von beiden Seiten an. Sie hießen Kirsty und Jennifer und Lily, und sie waren fies. Das waren sie schon immer gewesen, doch in jener Woche stachelte irgendetwas sie noch mehr auf, spornte sie regelrecht an.

Es gab ein paar Jungs, die sich immer in ihrer Nähe herumtrieben, ihnen durch die Gänge folgten oder neben ihren Schließfächern lungerten. Einer – Ryan Driver – hatte lange Wimpern und blasse Sommersprossen, und ich war jedes Mal zutiefst enttäuscht, dass er so lachte, wenn Lily etwas sagte.

Er ist ein Idiot, erklärte September, und damit war das Thema für sie erledigt. Ich aber mochte ihn. Das war es. Ich mochte ihn. Ich fühlte es mit jeder Faser und mit Haut und Haaren. Seine Nähe verschlug mir die Sprache. Mir gefiel, wie er aussah und redete, ich mochte seine Gestalt und seine Stimme.

Die drei Mädchen ritzten Brüste und Penisse in die Metalltür meines Spinds. Erblickten sie mich im Gang, zischten sie meinen Namen und buhten mich aus. Sie klauten mir die Sportklamotten aus dem Schließfach und verteilten sie im ganzen Schulhaus.

Ist doch egal, sagte ich, während ich die Sachen einsammelte.

Mir nicht, knurrte September, und manchmal rächte sie

sich auf subtile Art, indem sie sich vor ihnen durch die Tür drängelte oder sie von der anderen Seite des Klassenzimmers mit Blicken durchbohrte. Abends in unserem Zimmer zermalmten wir Kaffeebohnen mit den Fäusten, rissen Stoffstreifen von unseren Kleidern, wickelten sie um unsere nackten Arme und benetzten uns Haare und Finger, dass es auf die Holzdielen tropfte. Und dann sagte September, das Haar am Kopf festgeklebt und in den Augen das Flackern der Kerzenflammen: Wir belegen sie mit einem Fluch.

Am Donnerstag hatten die Geschäfte in der Innenstadt länger geöffnet, und wir klapperten die Secondhandshops ab auf der Suche nach einem Kleid, das Mum bei ihrer Buchpräsentation anziehen konnte. Sie ging zwischen September und mir und plapperte gut gelaunt vor sich hin. Zur Feier des Tages hatte sie roten Lippenstift aufgelegt, und ihre Augen waren von der Kälte gerötet. Sie sah glücklich aus – wie immer, wenn sie ein großes Projekt abgeschlossen hatte –, und ich überlegte kurz, ob ich ihr von den Vorfällen in der Schule erzählen sollte. Wir schlenderten die Straße entlang, machten hier und da Abstecher in Geschäfte, wo wir die Kleiderstangen abklapperten, und setzten unseren Weg fort. Ich nahm Mums Hand und legte mir meine Worte zurecht. Ich muss dir was sagen, mir geht es nicht gut. Vor uns ergoss sich ein Strom Menschen auf den Bürgersteig, und unter ihnen – die Erkenntnis traf mich wie ein Stromschlag – waren die drei Mädchen, beladen mit Einkaufstüten, leere Gesichter, glänzende Haare, Lederjacken. Ich ließ mich hinter Mum und September zurückfallen, dachte: Bitte seht mich nicht, bitte seht mich nicht, bitte bitte bitte. Sie steckten die Köpfe zusammen und unterhielten sich. Lilys

Lippen bewegten sich schnell, sie fuchtelte mit den Händen, die in den Schlaufen ihrer Einkaufstüten steckten. Wir waren fast an ihnen vorbei. Das Gedränge war dicht, die Musik aus den Läden so laut, dass ich meine eigenen Schritte kaum hörte. Ich senkte den Kopf. Sie liefen an uns vorbei. Alles ist gut, dachte ich, es ist nichts passiert, aber dann sah Lily auf, unsere Blicke trafen sich, und im nächsten Moment war sie verschwunden. Hast du sie gesehen, fragte ich September später, doch sie schaute mich nur finster an und reichte Mum etwas in die Umkleidekabine.

Wir warteten vor dem Vorhang, während Mum verschiedene Kleider anprobierte und sagte: Nein, nein, vielleicht, nein, vielleicht, wie wäre es mit ... September erstrahlte in den Spiegeln der Umkleide, hob sich leuchtend ab von den Secondhandklamotten, den Körben voll altem Schmuck und den Kartons mit zerkratzten Schallplatten. Ich sah blass und kränklich aus, grau an den Rändern wie Obst, kurz bevor es fault. September wickelte mir Schals um den Hals, belud sich die Finger mit Ringen und machte die Frauen, die in dem Laden arbeiteten, nervös. Ich musste an die Mädchen denken und wusste, damit, dass ich Lily aufgefallen war, hatte ich etwas heraufbeschworen.

September und Mum hatten ihre Phasen. Manchmal waren sie beste Freundinnen und saßen kichernd am Küchentisch, dann wieder war ihr Verhältnis angespannt, sie rieben sich aneinander und stritten wegen Kleinigkeiten. Zu Weihnachten hatte es einen Kälteeinbruch gegeben, der Boden war gefroren, die Windschutzscheibe des Autos komplett vereist. Ein Streit darüber, was es zum Abendessen geben sollte, war eskaliert, und die beiden hatten einander quer durch die Küche angebrüllt. September hatte eine Tasse von der Anrichte genommen und sie erhoben, als wolle sie sie werfen.

Wage es nicht, hatte Mum gesagt. Untersteh dich. Wage es ja nicht. Zu Anfang des Jahres hatte es weitere Auseinandersetzungen gegeben, an jenen Januartagen, an denen es höchstens sieben, acht Stunden lang hell war, der Wind die Blätter durch die Straße trieb, plötzliche Regenschauer die Gullys zum Überlaufen brachten und das Haus mit einem muffigen Geruch erfüllten. Unstimmigkeiten über den Abwasch oder das abendliche Fernsehprogramm, über die Kleider, die September aus Mums Schrank klaute und versehentlich bekleckerte. Ich hatte die beiden beschwichtigt oder gelogen, um erneutes Gebrüll zu verhindern, hatte versucht, September zu besänftigen. Ein Missverständnis jagte das nächste, und ich hatte mich unsäglich vor der Kleiderkaufaktion gefürchtet. Aber September gab sich Mühe, und Mum zeigte sich versöhnlich, ich sah ihre eingehakten Arme, die Zöpfe, die September Mum flocht. Im Secondhandladen probierte Mum ein goldenes Kleid mit weit ausgestelltem Rock und eckigem Ausschnitt an.

Das da, sagte September so laut, dass die Leute sich umdrehten, und Mum lachte und wirbelte über die ausgetretenen Dielen.

Am nächsten Tag sah ich Lily überall. Beim Mittagessen saß sie an einem der Nachbartische, ließ den Löffel über dem Tablett kreisen und schaute zu uns herüber. Auf der Toilette begegneten wir uns vor dem Spiegel, und ihre Schulter verfehlte meine um Haaresbreite. Am Nachmittag hatten wir Schwimmen. Die Lehrerin kam zu spät, und wir warteten am Beckenrand. Ryan war auch da, umringt von Freunden, mager, mit einer rot gepunkteten Badehose, die Schwimmbrille über die Stirn zurückgeschoben. September knurrte, genervt von seiner lauten Stimme und seinen vorgetäuschten Versuchen, einen der anderen Jungs ins Wasser zu schubsen. Ich betrachtete ihn. Seine Lachgrübchen und das zu lange Haar, seine Wendigkeit. Mehr noch. Seinen Körper in der Badehose, die Farbe seiner Nippel, die dunklen Achselhaare, die kleinen roten Flecken, die manchmal sein Kinn übersäten. Jedes noch so kleine Detail, sein ganzes Menschsein. Als September pfiff, drehte ich mich um. Sie blinzelte mir zu. Ich hatte ihn angestarrt. Hinter Ryan – einem Blutmond gleich – stand Lily und beobachtete mich.

Die Lehrerin erschien, sie war genervt und wies uns an, die Bahnseile zu spannen. Ich war froh, dass ich eine Aufgabe hatte. Auf dem Weg ans andere Ende des Beckens spürte ich Lilys Blick im Rücken. Drüben angekommen entwirrte ich das Seil und zog es neben mir her. Dabei schaute ich vor mich auf den Boden, um nicht versehentlich in die Überlaufrinne zu treten, die mit Heftpflastern und Haarbüscheln verstopft war und bei deren Anblick sich mir der Magen umdrehte. Vom gegenüberliegenden Ende war Lärm zu hören, zunehmender Trubel, doch ich blickte nicht auf. Ich dachte an Ryan. Plötzlich war jemand neben mir, viel zu nah. Ich wurde angerempelt und stürzte, blieb jedoch am Seil hängen, sodass ich nicht weit fiel, sondern ins Wasser und seitlich gegen den Beckenrand knallte.

Die Krankenstation war so sauber, dass mir von der Leere ganz weiß vor Augen wurde. Ich dachte an Mums wirbelndes goldenes Kleid und daran, wie das Wasser sich getrübt und wie eine Bloody Mary gefärbt hatte, und ich dachte an die Einzelteile, die Ryan ausmachten. Vielleicht konnte ich ja einfach für immer auf der Krankenstation bleiben. September lief auf und ab, wobei sie immer wieder wütend aufstampfte, und studierte die Poster an den Wänden.

Schau dir die Frau an, sagte sie. Die hat eine totale Koksnase.

Die Krankenschwester war ins Büro gegangen und hatte die Tür hinter sich zugemacht. September nutzte ihre Abwesenheit, um Pflaster und Fläschchen mit antiseptischer Seife aus den Schränken zu klauen. Vor meinen Augen schlingerten die schwarzen Linien am Boden des Schwimmbeckens. September kam näher, drückte ihr Gesicht an meines und flüsterte mir Worte ins Ohr, die keinen Sinn ergaben.

Dann war Mum da. Den Autoschlüssel in der Hand, die Haare unfrisiert und noch feucht, die Finger farbverschmiert, kam sie ins Zimmer gestürmt, nahm uns in die Arme und drückte uns an sich.

Wie ist das passiert?, fragte sie, und später im Auto noch einmal. Aber ich wollte es ihr nicht erzählen, und September hätte es ihr selbst dann nicht erzählt, wenn ich gewollt hätte, dass sie es tut. September brauchte niemanden. Ich wusste nur, dass es alles noch schlimmer machen würde, wenn wir Mum einweihten. Erwachsene hatten keine Ahnung. Erwachsene hatten vergessen, wie es war, sich wirklich vor etwas zu fürchten. Unsere Blicke trafen sich im Rückspiegel.

Zu Hause angekommen, holte Mum Decken von oben und baute uns ein Lager auf dem Sofa, dann schickte sie September Käsetoast machen, setzte sich auf die Sofalehne und schaute mich an. Sie hatte Zeichenkohle im Gesicht.

Ich weiß, was passieren wird, sagte sie.

Damit hatte ich nicht gerechnet. Ich hielt ganz still, lauschte, wie September in der Küche mit Geschirr klapperte, und hoffte, dass sie schnell zurückkam. Sie würde wissen, was zu erwidern war.

Ich weiß, was passieren wird, sagte Mum, wenn diese Sache außer Kontrolle gerät und September wütend wird.

Sie legte mir die Finger an die Schläfe und massierte die angespannte Haut. Ich lehnte den Kopf an ihre Beine, ihre Hose roch nach Graphit und schwarzem Kaffee. Sie hatte uns von einem Mann, der ihr Angst gemacht hatte, auch wenn sie uns nie verraten wollte, warum. Es gab Monate, in denen sie so gut wie gar nicht sprach, uns aber umso öfter in die Arme nehmen wollte, Essen bestellte und ganze Nachmittage in der Badewanne verbrachte. Und es gab Monate, in denen sie uns erklärte, sie sei von einer Trauer umgeben, die die Farbe von Rost und Leder habe.

Ich rieb über den Stoff ihrer Hose und klappte den Mund auf und zu. Es gab nichts zu sagen. Ich wollte nicht zugeben, dass September sich, wenn es sein musste, mit ihnen anlegen würde und dass ich mich darüber freuen würde. In diesem Moment fragte ich mich, wie es wohl war, die Mutter von Kindern zu sein, die einen nicht brauchten.

Dann kam September angestapft, den Mund voll Käse und mit mürrischem Blick.

An dem Abend beendete September meine Sätze für mich und schälte Orangen für uns. Wann immer ich die Hand ausstreckte, um selbstständig etwas zu tun, pfiff sie mich zurück und klopfte mir auf die Finger, bediente den Wasserhahn oder schüttete das Kakaopulver in die Tasse. Wir machten es uns auf unserem Sofa-Lager gemütlich, und um neun schlief sie erschöpft ein, den Kopf auf meinem Schoß, das Gesicht im Schein des Fernsehers grün. Und gerade da kam die Nachricht.

Hab gesehen, dass du heute früher heim bist.
Hab mir Sorgen gemacht. Alles okay?

Sie kam von einer mir unbekannten Nummer, ich kannte aber auch nur die von Mum und die von dem Handy, das September und ich uns teilten. Ich starrte auf das Display und wartete, dass September aufwachte und mir sagte, was ich tun sollte. Ich hatte keine Ahnung, von wem die Nachricht stammte. Wir waren mit keinem aus der Schule befreundet und mieden jeden Kontakt. Die einzige Feier, zu der Mum uns je eine Einladung verschafft hatte, hatte in einer Katastrophe geendet, als September einem Mädchen den Pferdeschwanz abschnitt. Damals waren wir sieben gewesen. Ich konnte mir nicht vorstellen, wen es kümmern sollte, dass ich früher heimgegangen war.

Wer ist da?, schrieb ich zurück.

Die Antwort kam augenblicklich. Ich biss die Zähne zusammen.

Ryan, gefolgt von einem Smiley. *Bist du das, Juli?*

Ja, antwortete ich und schob das Handy in die Sofaritze, wo ich es nicht sehen konnte. Schon da, erfüllt von bitterer, Übelkeit erregender Aufregung und heftigen Gewissensbissen, weil ich etwas – und noch dazu das – ohne September tat, fragte ich mich, ob er es wirklich war. Doch als ich in jener Nacht im Bett lag, und September auf der anderen Seite des Zimmers schlief, beantwortete ich den stetigen Strom an Nachrichten. Gelangte zu der Überzeugung, dass sie nach ihm klangen, dass sie etwas so eindeutig Ryanhaftes hatten, dass unmöglich jemand anders dahinterstecken konnte.

Er schrieb: *Du bist eine gute Schwimmerin.*
Ich schwimme auch gern, vielleicht gehen wir ja mal zusammen.

Er schrieb: *Deine Schwester kann einem Angst machen! Aber auf eine gute Art.*

Er schrieb: *Wir sollten in der Schule mehr miteinander reden.*

Gegen fünf schrieb er: *Muss jetzt schlafen. CU, bis in 4 Stunden!*

Es war die erste Abkürzung, die er verwendete, und ich freute mich darüber.

Am nächsten Tag in der Schule lauerte ich auf ein Zeichen von ihm, aber wenn er mir eines gab, sah ich es nicht. In Mathe reichte er mir ein Blatt Papier und lächelte, möglicherweise. Mittags überließ er mir das letzte Stück Apfelkuchen. September zog mich an den Haaren, sagte aber nichts.

4

Mum in ihrem goldenen Kleid und den roten Schuhen, die sie sich von einer Freundin geliehen hatte. September, die mir die Haare glättete. Das Handy in der Tasche des Kleides, das ich genau deshalb ausgesucht hatte. Mum, die so nervös war, dass sie den Lippenstift schief auftrug und September ihn abwischen und nachziehen musste. Wie wir, unter dem großen Regenschirm aneinandergedrängt, in die Stadt marschierten, Septembers Ellbogen in meinen Rippen. Der Duft von Mums Parfüm. Das Leuchten des Buchladens vor uns, das Rechteck aus Licht auf dem Gehsteig, wann immer die Tür aufging. Der Prosecco, den wir gläserweise hinunterkippten, wobei wir die Zeit stoppten.

Auf der Zeichnung, die das Cover von Mums neuestem Buch zierte, waren wir beide zu sehen, September mit einem Kompass in der Hand, dahinter ich mit einer altmodischen Taschenlampe. Wir kamen in ihren Büchern vor, seit ich denken konnte. September ließ sich gern von ihr zeichnen, sie mochte es, auf die Bücher in der Auslage zu deuten und zu verkünden, dass wir das waren. Ich war mir nie sicher gewesen. Ich mochte es nicht, wie die leeren Augen der Seite sich auf mich richteten, mochte die Aufmerksamkeit nicht, die war wie ein dünner Pfeil, und auch nicht die Kommentare der Leute, wenn sie uns in der Buchhandlung oder bei einer von Mums Veranstaltungen sahen. Mit fünf hatte ich so lange geweint, bis Mum versprach, mich ein Jahr lang nicht zu zeichnen. Von da an erschien nur September auf den Bildern: wie sie auf Bäume kletterte oder auf den Grund des Schulschwimmbeckens tauchte, um den Schlüssel zu einem verschlossenen Kästchen zu bergen. Als Mum nach einem Jahr wieder anfing, auch mich zu zeichnen, ging es mir damit nicht anders als früher – nur dass ich nichts mehr sagte.

Es waren Kinderbücher, mit Illustrationen auf jeder Seite. Im aktuellen Band waren wir aus einem Nonnenkloster ausgebrochen und suchten nach einer geheimen Höhle, in der angeblich ein Schatz versteckt war. Wir trugen gelbe Schärpen (auch für die Buchpräsentation), und während September fürs Klettern, Springen und Rennen zuständig war, hatte ich die Rolle der Forscherin, den Kopf immer hinter einem Buch oder einer riesigen Lupe verborgen. Ich hatte versucht, die Geschichte zu lesen, doch dann war mir beim Anblick meines Bildes so schwindelig geworden, dass September sie mir eines Abends vorgelesen hatte. Wir lagen auf Mums Bett, während diese oben arbeitete. Wenn September den Text meiner Figur sprach, tat sie es mit einer komischen Betonung und verzog das Gesicht, sodass ich jedes Mal zusammenzuckte.

Mums Verleger war zu der Party gekommen, ebenso ihre Freunde und fast alle, die in dem Buchladen arbeiteten. Sie unterhielten sich und lachten. Jemand hatte Kate Bush aufgelegt, und zwar so laut, dass man schreien musste, um gehört zu werden. September schlängelte sich zwischen den Leuten durch, stibitzte Wein und lächelte charmant, wenn jemand in ihre Richtung schaute. Das konnte sie gut. Sie wusste immer, was sie sagen musste. Das Handy in meiner Tasche brummte ununterbrochen. Bald würde Mum ihre Ansprache halten. Wir hatten ihr geholfen, sie zu schreiben, und dabei bis spät in die Nacht Earl Grey getrunken und über ihre schlechten Wortspiele gelacht.

Ich schlich mich vor September davon und versteckte mich in der Klokabine. Der Boden war glitschig von aufgeweichtem Toilettenpapier. Ich hockte mich auf den Deckel.

Ryan schrieb: *Was machst du heute Abend?*

Ryan schrieb: *Ich bin mit Freunden unterwegs. Wär schön, wenn du hier wärst.*

Ryan schrieb: *Manchmal habe ich das Gefühl, dass keiner mich wirklich kennt. Außer vielleicht du.*

Ans Ende jeder Nachricht setzte er ein Smiley und drei Küsse. Die Nachrichten, alle so eindeutig, kamen schneller, als ich antworten konnte. Mir taten schon die Daumen weh. Als es laut an der Tür klopfte, machte ich mich klein und verhielt mich still. Ich erzählte ihm von September und der Präsentation und dem Buch, in das wir hineingestohlen worden waren. Ich erzählte ihm von meinen Ängsten, die ich nicht loswurde, obwohl ich wusste, dass sie eigentlich unsinnig waren.

Er schrieb: *So geht es mir auch manchmal.*

Er schrieb: *Witzig! Das Gefühl kenne ich.*

Als ich irgendwann aufsah, wurde mir bewusst, dass ich schon ewig hier saß und bestimmt die Ansprachen verpasst hatte.

Ich ging nach unten. Bis auf ein paar Angestellte, die Weingläser wegräumten, waren alle weg.

Sie sind ins Pub, erklärte ein Mann und wies mit dem Kinn Richtung Tür und auf das Haus gegenüber.

Das Pub war so voll, dass alle standen, die Stühle waren an die Wände gerückt worden, die Kellner hinter der langen Holztheke schwitzten, der Boden war rutschig von verschüttetem Bier und knirschte vor Chipskrümeln. Die Musik schwoll in meinen Ohren zu einem Brüllen an. Ich wollte mich mit dem Handy hinaus in die Kälte stellen und auf Nachrichten warten. Ich wollte September erzählen, was los war, und es gleichzeitig für immer für mich behalten. Mum stand an der Bar, sie hatte ihre Schuhe in der Hand und lachte. Ein Kind rannte vorbei. September packte mich am Arm und zerrte mich Richtung Ausgang. Jemand kam herein und ließ die Tür offen, sodass der Regen gegen unsere Beine peitschte.

Wo warst du? Was hast du gemacht?, zischte sie mit zusammengebissenen Zähnen, krallte die Finger um meine Oberarme und schüttelte mich.

Nirgends.

Ich habe dich gesucht. Ich habe eine halbe Ewigkeit nach dir gesucht.

Tut mir leid.

September ließ mich los und streckte mir die Zunge heraus. Ich hätte dich gebraucht. Verdammt noch mal.

Verdammt noch mal, sagte ich.

Fick dich.

Das Handy in meiner Tasche vibrierte. Ich muss aufs Klo, sagte ich.

Musst du nicht.

Doch. Muss ich.

Sie musterte mich. Ich will, dass du mir erzählst, was los ist.

Ich versuchte, möglichst nichts zu denken. Nichts.

Das glaube ich dir nicht.

Ich schwieg. Wenn ich etwas sagte, würde sie zwischen den Worten stochern und die dort vergrabene Wahrheit finden.

Du kannst gehen, wenn du was getrunken hast. Sie packte mich wieder am Arm und zog mich in eine freie Ecke, dann überzeugte sie einen Kellner davon, dass wir alt genug waren, und bestellte uns irgendein süßes, klebriges Getränk. Sie hielt mir die Flasche an den Mund, und ich musste vor lauter Kohlensäure husten. Ich fühlte das Handy in der Tasche, versuchte jedoch, es zu ignorieren. September deutete auf Leute, die wir kannten, und beugte sich vor, um mir etwas ins Ohr zu flüstern.

Ich muss pinkeln, sagte ich. Ich hörte, dass ich leicht lallte, und die Wörter durcheinanderbrachte.

Sie warf mir einen bösen Blick zu, ließ mich aber gehen.

Die Toilette im Pub war noch schlimmer als die der Buchhandlung. In einer Kabine kotzte jemand, eine andere war besetzt. Ich blieb vor dem Spiegel stehen und zog das Handy heraus.

Die Nachricht lautete:

Ich mag dich, Juli.

Ich umklammerte den Waschbeckenrand. Dann tippte ich eine Antwort (*Ich dich auch*) und löschte sie, begann von Neuem. Eine weitere Nachricht traf ein.

Ich will dich sehen. Schickst du mir ein Foto?

Was für ein Foto?, schrieb ich zurück, obwohl ich bereits in die leere Kabine ging, die Tür verriegelte, mein Kleid aufknöpfte und die Handykamera von oben auf mich richtete. Meine Hände bewegten sich, als gehörten sie zu jemand anderem. Der Alkohol flößte mir ein zusätzliches, größeres Selbstbewusstsein ein, ich fühlte, wie er durch meinen Brustkorb brandete und meine Finger ungelenk machte. Im Stockwerk über mir wummerte die Musik. Ich konnte Septembers Zorn schon schmecken. Es gab nichts, was wir nicht zusammen machten. Und trotzdem war ich hier.

Eins, wo du sexy aussiehst, hatte er geschrieben.

Ich brauchte ewig, um es richtig hinzubekommen. Ich war so nervös, dass mir dauernd das Telefon aus der Hand rutschte oder ich zu lächeln vergaß. Auf den meisten Bildern wirkte ich verstört, als wäre ich entführt und zu dem Foto gezwungen worden. Auf allen wirkte ich gequält, nicht richtig anwesend, schemenhaft. Genauso fühlte ich mich, wenn ich mich in Mums Büchern sah. Ich musste daran denken, wie September beim Vorlesen meinen Tonfall nachgemacht hatte, und zwar so überzeugend, dass ich nicht mal die Stellen, an denen meine Figur sprach, selbst hatte lesen müssen. Ich dachte: Ich sollte raufgehen, September holen und sie bitten, mich zu fotografieren. Aber ich tat es nicht. Die Nachrichten gehörten mir und sonst niemandem.

Jemand betrat den Vorraum und rief meinen Namen.

Juli, wo bist du?

Ich hab's gleich, sagte ich und fummelte am Handy herum. Fast hätte ich es bei einem weiteren Versuch, ein

Foto zu machen, fallen lassen. Die Tür erbebte und bog sich in den Angeln. September trommelte mit den Fäusten dagegen. Der Riegel wackelte. Ich biss die Zähne zusammen, riss die Augen weit auf, schob mein Kleid zur Seite, machte ein letztes Bild und schickte es ab.

Lass mich rein, du Hexe.

Ich schob den Riegel zurück, und sie schoss in die Kabine und schubste mich gegen die Wand. Ihre Pupillen waren riesig, ihr Mund feucht. Sie sperrte hinter sich ab.

Was ist los?

Nichts, sagte ich, doch mein Blick wanderte zu dem Handy und sie griff danach, packte mich an den Händen, zerkratzte mir das Gesicht. Fast hätte sie es in die Finger bekommen, doch ich wirbelte herum, schirmte es mit meinem Körper ab, riss den Klodeckel hoch und warf es hinein. Als es unterging, stieß September einen Pfiff aus. Das ist nicht lustig, Juli-Käfer.

Der restliche Abend war verschwommen, holprig. Mum stieg auf einen der alten Pubtische und hielt eine Rede, in der sie erklärte, dass es ohne September und mich nichts gäbe. Jemand rief: Jawohl, Sheela.

Um zwei oder drei Uhr morgens kaufte sie uns bei dem Imbissstand in unserer Straße Pommes, und wir gingen nach Hause. Der Mond schien. Ich dachte an die Sonnenfinsternis / an Zebrastreifen / an das Schwimmbecken, in dem ich mir bei meinem Sturz den Kopf angeschlagen hatte. September redete in einem fort über den Abend, und Mum warf lachend den Kopf in den Nacken, und die Pommes waren aufgeweicht von Essig, und das Handy war weg. Später konnte ich nicht schlafen und schaltete irgendwann das Licht ein. September war in mein Bett geklettert und schlief, die Arme über den Kopf nach oben gestreckt, die Beine auf meiner Seite.

Wir waren spät dran. Mum war verkatert, sie trug eine Sonnenbrille, fuhr langsam und trank Kaffee aus einem Thermobecher. Ich nahm Septembers Hand und versuchte ihr wortlos zu vermitteln, was passiert war, aber sie ignorierte mich. Sie war wütend wegen des Handys, das wir uns auf ihr Drängen hin geteilt hatten, statt jeweils ein eigenes zu bekommen. Ich schaute aus dem Fenster.

Hoffentlich hört dieser verdammte Regen bald auf, sagte Mum. Sonst schwemmt er noch das Haus weg und meine zwei Süßen gleich mit.

Weil die Straße, die zur Schule führte, von Autos verstopft war, stiegen wir aus und gingen das letzte Stück zu Fuß. Ich spürte ein Kribbeln in den Fingerspitzen. Das Unbehagen lag mir wie ein Stein im Magen. Wieder griff ich nach Septembers Hand, und diesmal schien sie etwas zu fühlen, denn sie sah mich an.

Was ist los? Juli-Käfer?

Ich schüttelte den Kopf. Die anderen Mädchen warteten vor der Schule und schauten zu uns herüber, die Köpfe zusammengesteckt, die Münder riesige dunkle Organe, die sich aus ihrer Haut schälten.

Was ist?, fragte September, aber da waren wir schon fast an der Tür, und bevor ich etwas denken oder sagen konnte, waren wir drin. Überall standen Leute, die auf ihr Handy schauten. Irgendwer bemerkte uns, jemand sagte meinen Namen, und jemand anders wiederholte ihn. Septembers Gesicht verzerrte sich. Eine Lehrerin, Schweißflecken unter den Achseln, kam auf uns zugeeilt und drängte uns mit erhobener Hand zurück nach draußen, aber da hielt schon jemand hinter ihr sein Handy in die Höhe, sodass ich das Display sah. Das runde Gesicht darauf war mir fremd, ebenso die Nippel, die in der Bildmitte wie Ausrufezeichen in die Höhe ragten. Im Hintergrund war der Deckel des Spülkastens zu erkennen, und die Gestalt auf dem Foto trug mein Kleid. Alle Gesichter waren in meine Richtung gewandt, glühende Bälle im gleißenden Licht des Flurs. Mein Kopf fühlte sich an, als hätte mir jemand Watte in Ohren, Nase und Mund gestopft, wo sie sich vollsog und aufquoll, bis sie von innen gegen den Schädel drückte. Die Zähne taten mir weh, als hätte ich in etwas sehr Kaltes gebissen. September betrachtete das Foto, drehte sich um und schaute mich an.

5 Wir blieben die ganze Woche zu Hause, und während September bei den Mahlzeiten alles hastig hinunterschlang, konnte ich zusehen, wie sie von Tag zu Tag wütender wurde. Sie erfand eine lange Liste mit Wörtern für Lily, Kirsty und Jennifer. Wabbelhexen, Stinkspuckefressen. Ich bewegte mich wie betäubt vom Bett zum Sofa und wieder zurück, während September ihre Wut von der Leine ließ wie einen Hund. Wenn Mum ins Zimmer kam und vorschlug, gemeinsam einen Film zu schauen, starrte September sie an, als sei selbst sie unerwünscht, als müsse selbst sie sich in Acht nehmen. Wenn ich nachts aufwachte, war Mum bei uns im Zimmer, saß im Sessel neben dem Fenster und blickte auf die Straße hinaus oder sah uns beim Schlafen zu. Ich begriff, dass sie sich nur in unserer Nähe aufhalten konnte, wenn September schlief, wenn die Bewusstlosigkeit sie fügsam machte. Mum fragte dauernd, wie ich mich fühlte und wie es mir ging, aber ich wollte nicht darüber reden, wollte das Geschehene nicht wirklicher machen. Das Begreifen kam in Wogen, und mit ihm kam eine Angst von mir unbekanntem Ausmaß.

Einen Tag bevor wir wieder in die Schule mussten, beschloss September, dass wir etwas unternehmen sollten. Wir gingen in die Stadt und streiften durch die Geschäfte. Weil ich mich davor fürchtete, jemanden aus der Schule zu treffen, hatte September mich mit einem Hut und einer Sonnenbrille ausgestattet und schwang beim Gehen meinen Arm. Wir stöberten in Klamottenläden und fassten alles an, befühlten Pailletten und weiche Samtfalten. In der Drogerie probierten wir Lippenstifte, dazu kauerten wir uns auf den Boden, damit niemand uns sah. Wir sprühten Parfüm in die Luft und stellten uns in den Nebel. Ich spürte den bevorstehenden Tag, er hing in den grellen Gängen, zwischen den Deo- und Shampooflaschen. Alle, die das Foto gesehen hatten, würden da sein, auch – und das war das Schlimmste – Ryan. War es möglich, dass er es gar nicht gesehen hatte? Vielleicht war er ja krank gewesen und zu Hause geblieben? September tupfte mir Parfüm auf den Hals und die Handgelenke und sagte: Das finde ich gut. Dann steckte sie mir den Flakon in die Tasche und schob mich vor sich her nach draußen.

Es war Montag, und ich wusste genau, dass September die Sache mit dem Foto nicht auf sich beruhen lassen würde. Sie war unglaublich wütend, und mir brummte der Schädel von ihren Plänen. Mum schien es ebenfalls zu spüren, denn sie parkte am Straßenrand und drehte sich zu uns um.

Das war wirklich eine hässliche Geschichte, sagte sie, aber es ist vorbei. Lassen wir es gut sein. Obwohl sie abwechselnd uns beide ansah, wusste ich, dass ihre Worte nicht mir galten. September stieß die Tür auf, schwang die Füße nach draußen und war weg.

Es war schlimmer als davor. Ich war so daran gewöhnt, mit den Wänden zu verschmelzen, dass die Leute mich normalerweise gar nicht wahrzunehmen schienen. Aber damit war es vorbei. Ständig tauchte irgendwo das Foto wieder auf;

irgendwer hatte es ausgedruckt und an einen der Spinde im Aufenthaltsraum der Oberstufe geklebt; jemand anderes hatte es an die Schulcomputer gemailt, sodass es dauernd irgendwo aufflackerte. Immer wieder brach ich im Unterricht in Tränen aus und musste, dicht gefolgt von September, aufs Klo fliehen. Ich sah auf dem Foto überhaupt nicht aus wie ich, und manchmal gelang es mir fast, mich davon zu überzeugen, dass ich es auch nicht war, aber das hielt immer nur so lange an, bis jemand mit dem Finger auf mich zeigte und mir alles wieder einfiel. Mein überraschtes, überbelichtetes Gesicht, meine Brüste. Das war es. Das war der Teil von mir, den, seit ich ein Kind gewesen war, außer September niemand mehr gesehen hatte.

Ryan war zum Rektor beordert worden. Wir sahen ihn überall, wie ein Buschfeuer vor den hellgelben Schulfluren, am anderen Ende des Ganges, an der Tür zu einem Klassenzimmer, in das wir gerade gehen wollten, in der Turnhalle, mit dürren Beinen, die aus seinen Shorts herausragten. Natürlich hatte er es gesehen, und natürlich wusste er, dass ich geglaubt hatte, ich würde es ihm schicken. Davor hatte er wahrscheinlich nicht mal gewusst, wer ich war. Jetzt schon.

Alle, die überhaupt was wussten, wussten, dass Ryan nichts damit zu tun hatte. Das zeigte sich an der Art und Weise, wie Lily und die zwei anderen Mädchen sich gaben. Wie sie lachten, wenn ich hereinkam. Eines Morgens stolzierte Kirsty durchs Zimmer und hielt sich das ausgedruckte Bild vor die Brust. Der Unterricht hatte noch nicht angefangen, und vor den Fenstern hing dichter Nebel. Wir saßen im Aufenthaltsraum und warteten, dass die Anwesenheitsliste verlesen wurde. Ryan lehnte mit verschränkten Armen neben den Schließfächern und lachte über etwas, das irgendwer gesagt hatte. Kirsty hatte die Haare zu einer Prinzessin-Leia-Frisur geflochten und trug ihren Blazer über dem Arm. Sie hatte das Foto mit Tesafilm an ihrem weißen Hemd festgeklebt, aber weil es sich immer wieder ablöste, drückte sie mit ihren grün bemalten Fingernägeln dagegen. Hinter ihr prusteten Jennifer und ein paar andere Mädchen los und bogen sich vor Lachen, sodass mehrere Leute sich umdrehten, um zu sehen, was so lustig war. Ich grub die Zähne in das weiche Fleisch meiner Unterlippe und dachte: nicht nicht nicht nicht. Septembers Gesicht barst wie splitterndes Holz, so zornig war sie. Eben hatte sie noch neben mir auf der Bank gesessen, jetzt stand sie auf. Beklommen streckte ich die Hand nach ihr aus, doch sie schlug sie weg. Kirsty blickte zu uns herüber, musterte September argwöhnisch und fing offensichtlich an, ihre Idee zu bereuen. September packte einen ihrer Zöpfe und zerrte ihren Kopf Richtung Boden, Kirsty japste und hackte mit den Fingernägeln nach ihr. Es gab einen Ringkampf, Kirsty kreischte (Lass mich los, du Scheißhure), und immer mehr von den anderen mischten sich ein. Ryan und ein paar seiner Freunde stiegen auf den Billardtisch, um bessere Sicht zu haben. Inzwischen war die halbe Klasse an dem Handgemenge beteiligt, sie verteilten Schläge, rissen September an den Haaren und grapschten mir ins Gesicht. Ich fühlte, wie sich zwischen meinen Rippen ein Schrei ausbreitete und drohte, jeden Moment aus mir herauszuplatzen. Einem Lehrer, der hereinkam, wurde die Nase blutig gehauen. Irgendwer riss September zurück, Kirsty setzte ihr mit erhobenen Fäusten und wild um sich schlagend nach. Ich nahm mein Gesicht zwischen die Hände und presste alles nach innen.

Die beiden wurden für drei Tage suspendiert, und ich weigerte mich, ohne September in die Schule zu gehen. Mum zwang mich nicht. Septembers nachdenklicher Blick, als sie am Küchentisch saß, Kaffee trank und die Aufgaben machte, die ihr zugeschickt wurden. Weil ich nicht schlafen konnte, blieb sie mit mir wach. Wir spielten September sagt und Verstecken wie Kinder, tasteten uns im Dunkeln auf Händen und Knien voran, die Gesichter schmutzig von dem Staub hinter dem Sofa. Immer wieder sagte sie: Ich werde es ihnen zeigen. Ich wusste nicht, was das heißen sollte, und traute mich nicht zu fragen. Sie hatte sich schon bei früheren Gelegenheiten gerächt oder ihrer Wut freien Lauf gelassen, doch es hatte nie gut geendet. Als wir klein gewesen waren, hatte sie einem Kind, das mir die Tasche wegnahm, die Hände am Tisch festgeklebt. Wenn Mum ihr widersprach, bekam sie immer so einen Blick.

Ich überlegte mir andere Möglichkeiten, andere Auswege. Wir konnten fortgehen und nie wiederkommen. Wir konnten unsere Namen ändern und untertauchen. Wir drei konnten auswandern, nach Island oder Mexiko. Ich wollte ihr von meinen Ideen erzählen, aber immer hielt mich etwas davon ab. Immer wieder vergaß ich, was vorgefallen war, und dann fiel es mir wieder ein und ich erschauderte.

Ich weiß was, erklärte September eines Nachmittags. Im Radio wurde angekündigt, dass ein Sturm namens Regina vom Norden her auf uns zukam. September legte den Finger an die Fensterscheibe und zeigte hinaus auf die windige Straße. Weißt du noch unser Versteck beim alten Tennisplatz? Dieser Schuppen?

Als wir neu an der Schule waren, hatten wir ein paarmal dort Unterschlupf gesucht. Zu der Zeit war der Tennisplatz zwar noch gelegentlich genutzt worden, aber der Schuppen hatte da schon begonnen, in sich zusammenzusacken und

zu schimmeln. Im Laufe der Jahre war der Baumbestand ringsum dichter geworden, sodass der Schuppen vom Sportplatz aus nicht mehr zu sehen war. Jetzt spielte dort niemand mehr. September schaltete die Nachttischlampe ein. Es war, als reflektierten ihre Augen das Licht.
Dort könnten wir uns doch mit Lily und den anderen treffen.
Ich sagte nichts.
Was hältst du davon?
Ich schwieg weiter.
Komm schon. Stell dich nicht so an. Wir bringen sie dazu, sich mit uns zu treffen, und dann rede ich mit ihnen, ungestört. Ich werde sie warnen.
Ich stelle mich nicht an.
Doch.
Ich hatte einen üblen Geschmack im Mund. Gute Idee.
Ich weiß. Dann frage ich sie morgen?
Okay.
Was hast du gesagt?
Okay, sagte ich laut.

Es hatte alles dahin geführt: der alte Tennisplatz, vom Sturm unter Wasser gesetzt, unsere matschverschmierten Hände und Füße, die uralten Scheinwerfer, die sich unter dem schweren Wind knarzend bogen. September hatte eine Rattenfänger-Melodie gepfiffen, die mich selbst über die Regenböen hinweg lockte. Zu Hause hatte sie Mums scharfes Zwiebelmesser in ihre Tasche gesteckt und mich mit trotzig vorgeschobenem Kinn angeschaut. Einer der Bäume am Tennisplatz war, vom Sturm entwurzelt, umgestürzt – wirklich? – und hatte den Schuppen unter sich begraben. Ich konnte die Sirene des Rettungswagens hören, was hieß, dass der Regen nachgelassen haben musste. Mums Hände am Lenkrad, weiß hervorstehende Knöchel. September flüsterte mir ins Ohr, dass ich nichts hätte tun können, dass es genau so hatte kommen müssen. Meine Erinnerungen sind verschwommen. Die Mädchen, die sich am Wendeplatz aneinanderdrängten, sahen verängstigt aus. Alles in allem verstand ich die ganze Aufregung nicht. Es hat ein Donnerwetter gegeben, mehr nicht, sagte September. Es hat einfach nur ein Donnerwetter gegeben.

Danach wurde ich krank. Es war keine Erkältung, wie ich sie sonst den ganzen Winter über und bis in den eisigen Frühling hatte, sondern etwas Schlimmeres. Morgens war mir oft schlecht, und ich erbrach das Abendessen, die Haut an meinen Händen und der Rückseite meiner Beine war rot und entzündet, schälte sich oder juckte so sehr, dass ich manchmal nachts aufwachte und feststellte, dass ich mich blutig gekratzt hatte. Ich war müde, doch die Tabletten, die die Ärztin mir verschrieb, machten mich nur noch müder und reizbarer und oftmals benommen.

Wir hatten einen Pakt geschlossen. Noch in Oxford. Hand in Hand vor dem Spiegel, um uns von unserer Reflexion versichern zu lassen, dass wir unser Versprechen halten würden. Was auch immer auf uns zukam, wir würden ihm trotzen. September stand neben mir, aber trotzdem hatte ich das Gefühl, nur Luft in der Hand zu haben. Ich drückte und drückte. Juli, sagte sie, versprichst du es? Ich hätte ihr alles versprochen. Juli, sagte sie, hör zu. Wir hatten noch immer jedes unserer Versprechen gehalten.

6 Irgendetwas hat sich auf mich gesetzt, während ich schlief. Ich kriege die Augen nicht auf. Ich spüre Atem im Gesicht, heiß, und etwas, das sich anfühlt wie Fäuste, die meine Brust bearbeiten. Ich will etwas sagen, nach September rufen, kann mich aber nicht bewegen, meine Arme und Beine liegen steif neben mir. Schließlich bekomme ich ein Auge auf, nur ein kleines Stück, meine Sicht ist verschwommen. Über mir ist eine Gestalt, die mich niederdrückt, fast kann ich ihr Gesicht erkennen, doch dann wird es dunkel und sie ist weg.

Mum ist nachts runtergekommen, in der Küche steht ein Topf Chili mit einem Herz aus Korianderblättern obendrauf. September riecht daran und weigert sich, etwas davon zu essen. Ich fülle eine Schale bis knapp unter den Rand und sehe durch die Tür der Mikrowelle zu, wie sie sich dreht. Als ich gierig anfange, mir das Essen in den Mund zu schaufeln, verbrenne ich mir den Gaumen. Ich vertilge die erste Portion und schiebe gleich noch eine zweite hinterher. Meine Brust schmerzt, langsam bildet sich ein Bluterguss. Der Abdruck macht mir Angst, denn sein Umriss gleicht gespreizten Fingern. Ich möchte September fragen, doch sie wirkt angespannt. Sie loggt uns bei ein paar der Chatwebsites ein, bei denen wir registriert sind, und checkt unsere

Nachrichten. Manchmal erzählen wir einander Geschichten über diese erfundenen Frauen. Wir malen uns aus, wie ihre Schulzeit war, mit wem sie befreundet waren, was sie an den Wochenenden getan haben. Wir denken uns Einzelheiten aus: wie sie im Urlaub in Griechenland eine Katze gerettet haben, das beste Essen ihres Lebens. Die Websites machen mich nervös, das So-tun-als-ob, die Gefahr aufzufliegen. Ab und zu geben wir uns auch als Männer aus, das ist leichter, weil es so wenig mit unserem wahren Ich zu tun hat. Sich als jemand anderer auszugeben, ist, als würde man Sachen anziehen, die einem nicht richtig passen, mit Ärmeln, die an den Handgelenken einschneiden, und rutschendem Hosenbund.

Das Internet spinnt. Der Bildschirm ist voller Pop-ups, und der Laptop gibt ein tiefes, unzufriedenes Surren von sich. Von den Seiten, die wir aufrufen, fehlen ganze Abschnitte, Fotos werden verkleinert dargestellt, Sätze brechen in der Mitte ab. Wir bleiben länger dran, als wir sollten, denn irgendwann schließen sich alle Tabs auf einmal und wir werden auf einen schwarzen Bildschirm hinauskatapultiert.

Viren sind Internet-Gespenster, sagt September. Dann zieht sie die Schultern hoch bis fast zum Kinn und murmelt: Scheiße, Scheiße, Scheiße. Komm, lass uns an den Strand gehen.

Eine Zeit lang stehen wir vor Mums Zimmer herum. Als ich das Ohr an die Tür lege, meine ich zu hören, wie sie sich drinnen bewegt, es ist ein Scharren wie von einem Nagetier. Ich horche auf das Geräusch von einem Stift, der übers Papier fährt. Wenn sie arbeitet, wird alles gut. Kurz bevor wir aus Oxford weg sind, hat sie ein neues Buch angefangen. Darin fahren September und ich mit einem Boot zu einer

Insel, die, obwohl eigentlich Sommer ist, unter Schnee begraben liegt, und versuchen, sie von der Kälte zu befreien. Wenn Mum arbeitet, kann sie uns vielleicht verzeihen. Aber inzwischen ist das Geräusch verstummt, und es herrscht weitgehend Stille.

Komm schon, sagt September. Wir schreiben ihr einen Zettel.

Aber am Ende machen wir nicht mal das. Neben der Hintertür finden wir Gummistiefel, die uns zu groß sind, die wir aber trotzdem anziehen. Draußen steuert September auf die Vorderseite des Hauses zu, ihre Hände sind in die Hüften gestemmt, das Kinn zeigt in den fast schon stahlblauen Himmel. Sie hat irgendwas um den Hals hängen, das bei jedem ihrer Schritte mitschwingt. Das Fernglas. Ich habe gar nicht gesehen, dass sie es mitgenommen hat.

Warum hast du das dabei?

Was glaubst du denn?, antwortet sie, und ihre Stimme wird davongetragen, während sie vor mir her wirbelt.

Ich erinnere mich, wie Mum einmal mit gelöster Zunge von einem Abendessen bei Freunden kam und uns heiße Schokolade kochte. Sie erzählte uns von unserem Vater und dem Fernglas, das er seit Kindertagen besessen hatte, wie er eifersüchtig darüber gewacht hatte und wütend geworden war, wenn sie es auch nur berührte. Wie er sich manchmal dick eingemummelt und das Fernglas umgehängt hatte und losgezogen war, um Vögel zu jagen. So hatte er das genannt: jagen, nicht beobachten. Wenn er wiederkam, sprühend vor Energie, hatte er ununterbrochen geredet. Ich stelle mir vor, wie er an einem der Fenster hinter uns steht und uns durch das Fernglas beobachtet. Er ist jung, noch jünger als wir, und rund um seine septemberblauen Augen ist die Haut gerötet, da, wo er das Fernglas dagegengedrückt hat.

September marschiert die Straße entlang, die Gummistiefel sind zu groß und rutschen ihr bei jedem Schritt über die Waden nach unten. Ich gehe schneller, um sie einzuholen, und kurz setzen wir unseren Weg im Gleichschritt fort, sodass unsere Arme nebeneinanderher baumeln. Da, September zeigt auf etwas. Der Horizont vermischt sich mit den Hügeln, aber in der Ferne erkenne ich einen Streifen Meer. Es ist Ende Mai, die Sonne scheint uns warm auf den Kopf, und es riecht nach heißer Erde. Manchmal spüre ich einen inneren Widerstand, so als würde ich – blind – mit den Zehen den Rand eines Abgrunds ertasten. Ich versuche, mich schwer zu machen, aber September zieht mich weiter. Ich stelle mir vor, wie Mum aus dem Schlafzimmer kommt und merkt, dass wir fort sind. Sie könnte denken, dass wir weggelaufen sind und sie endgültig verlassen haben. Wir gehen schneller, biegen von der Straße ab auf ein Feld, wo das Gras so dick und scharfkantig ist, dass man sich daran schneiden könnte. September zögert, sie hält sich das Fernglas vor die Augen und richtet den Blick zum Himmel.
Was ist da?
Keine Antwort.
Ich gehe weiter auf die Dünen zu. Hinter mir gibt September Töne von sich, sie schnalzt mit der Zunge, stößt seltsame Rufe aus, flüstert Beschwörungen und erfundene Wörter. Das Meer sieht schmierig aus, glitschig weiß beschichtet. Ein Pfad führt hinunter zum Strand. Als ich die Gummistiefel ausziehe, ist der Boden erst feucht und kühl, dann heiß und trocken.
Ich drehe mich um, doch September ist nirgends auf dem sandigen Hang zu sehen. Unbeholfen laufe ich auf dem Kamm der Düne entlang und halte Ausschau nach ihr. Vor mir flackert etwas auf, ein Umriss, ein Gebäude, das auf Stel-

zen aus dem Sand ragt. Rundherum verläuft ein schmales, glasloses Fenster, kaum breiter als meine Hand. Drinnen ist jemand und schaut mich an. Ich weiß nicht, wer das ist, jedenfalls nicht September. Ich kauere mich hin, versuche, mich ganz klein zu machen. Von dem Fenster geht ein Strahl aus, der mich an Ort und Stelle bannt. Seitlich öffnet sich langsam eine Tür. Wer auch immer da herauskommt, wird mir erzählen, was auf dem Tennisplatz passiert ist.

Was machst du da?, ruft September. Sie hält sich am Türrahmen fest und lehnt sich heraus. Das Fernglas an dem Riemen um ihren Hals zieht Richtung Boden. Was machst du da draußen? Komm rein.

Nein, sage ich und sehe den Ausdruck, der über ihr Gesicht huscht. Dass ich mich weigere, wird später Konsequenzen haben.

Das ist eine Vogelbeobachtungshütte. Ich glaube, ich habe einen Milan gesehen. Oder einen Reiher. Komm rein.

Ich dachte, wir gehen an den Strand, antworte ich. Das hast du jedenfalls gesagt. Wir gehen an den Strand.

Mühsam richte ich mich auf und schlittere den Hang hinunter, fort von der Hütte und Richtung Meer. September hinter mir schreit etwas und lacht. Die Düne ist steil, und ich rutsche auf dem Hintern auf den riesigen Strand und die eiskalten Wellen zu. Die Flut hat einen Streifen aus Müll und Tang und Holzstücken hinterlassen. Ich rapple mich auf, das letzte Stück renne ich. September setzt mir gackernd nach. Wenn ich die Hütte nicht sehe, geht es mir besser. September schlingt von hinten die Arme um mich, vielleicht hat sie mir ja verziehen.

Wir laufen am Strand entlang. Gelegentlich kommt die Sonne heraus, wirft lange Schatten auf die winzigen Steine und brennt auf unsere Schultern herab. Die meiste Zeit weht allerdings ein starker Wind, der uns den Sand gegen die nackten Beine peitscht. September legt sich hin, und ich buddle sie ein, Körperteil für Körperteil, den Rumpf zuletzt. Sie sieht aus wie ein Meereswesen mit Haaren aus Sand.

Da kommt wer, sagt sie. Ich drehe mich um und schaue in den Wind. Am anderen Ende des Strands klettert jemand über die Felsen. Ein Körper in einem orangefarbenen Anorak.

Sollen wir gehen?, frage ich, doch September hört mich nicht, und falls doch, gibt sie keine Antwort. Jetzt ist die Gestalt so nahe, dass ich ihr Gesicht erkennen kann, die Farbe der Haare, die genauso leuchten wie der Anorak. Die Wellen rollen auf den Strand.

Hallo, ruft er und hört erst auf zu schreien, als er nahe genug heran ist. Hi. Seinem Akzent nach kommt er hier aus der Gegend, und er ist so alt wie wir oder etwas jünger. Seine Hände stecken bis zu den Gelenken in den Taschen, er hat einen riesigen Mund.

Hi, sage ich.

Hinter mir murmelt September etwas und buddelt sich schildkrötenlangsam aus. Er riecht nach Meersalz und Shampoo. Er nimmt die Hände aus den Taschen und schwingt die Arme vor und zurück. Er hat lange Gliedmaßen und sieht irgendwie komisch aus, seine Haare stehen nach allen Seiten ab.

Neu hier?, fragt er. Wir kennen uns noch gar nicht.

Ich weiß nicht, was ich sagen soll. Er hat irgendwas an sich.

Wir sind gerade erst hergezogen, sagt September über meine Schulter. Er lächelt und schnalzt mit der Zunge. Cool. Dann können wir uns ja noch gar nicht kennen. Welches ist euer Haus?

Ich deute in die Richtung, in der das Haus ist, und September sagt: Da hinten. Das Ruhehaus.
Echt?, fragt er.
Ja, sagt sie.
Heute Abend gibt es eine Party.
Was für eine Party?, fragt September unhöflich und lauter als nötig.
Eine Strandparty. So früh im Jahr ist hier noch nichts los. Wir machen ein Lagerfeuer, und es gibt Bier. Lust zu kommen?
Ich warte, dass September etwas sagt, doch sie schweigt.
Okay, antworte ich langsam. Mal sehen.
Gut, sagt er. Gut. Wir sind dann heute Abend hier.
Ich blicke ihm nach, während er den Strand entlangtrottet, den Kopf gesenkt, um dem Wind zu trotzen. Als ich mich umdrehe, schaut September mich an. Sie klopft sich den Sand von den Händen und schüttelt ihre Haare aus.
Das wollte ich nicht, sage ich. Wir müssen nicht hingehen.
Doch, wir sollten. Komm. Lass uns entscheiden, was wir anziehen, bevor du es dir anders überlegst.

Wir finden eine Kiste mit Flaschen, die Mum noch nicht ausgepackt hat, und nippen an einer davon. Sie sieht alt aus, und auf dem Etikett steht Portwein, doch der Inhalt schmeckt vor allem nach Staub.
Spürst du was?, frage ich.
Nein. September zuckt mit den Schultern.
Ich fühle mich ein bisschen wackelig, aber das würde ich nie zugeben, solange sie es nicht auch tut.
Wir stolzieren nach oben und breiten unsere Kleider aus. September wirbelt mit erhobenen Armen durchs Zimmer, während sich mir immer wieder vor Angst die Brust zu-

sammenschnürt. Ich halte die Luft an und warte, dass das Gefühl vergeht. September legt mir die Arme um den Hals. Keine Angst, Juli-Käfer, das wird bestimmt gut. Vielleicht hast du ja sogar Spaß. Komm, lass uns Musik hören.

Allerdings spinnt das Internet noch immer, und die Musik kommt nur stoßweise, heult auf und bricht ab. Wir machen sie wieder aus.

Zieh das an, sagt September und hält mir ein Kleid mit hohem Spitzenkragen und Spaghetti-Bolognese-Flecken an den Bündchen hin.

Ich will aber nicht.

Wenn du es anhast, fühlst du dich gleich besser.

Obwohl sie mich nervt, tue ich, was sie verlangt. September hat nur Unterwäsche an und übt neben dem Bett Kopfstand. Ich lege die Wange an die Mauer und warte, dass das Haus zu mir spricht, dass es die Party und den rothaarigen Jungen kommentiert. Aber wenn es etwas sagt, höre ich es nicht.

Wir suchen in der Küche nach etwas zu essen, finden aber nur Teebeutel und einen Rest Chili.

Essen ist was für Loser, sagt September. Wenn wir nichts essen, sind wir schneller betrunken.

Also schütten wir gläserweise Wasser in uns hinein, bis unser aufgeblähter Bauch unter den Rippen vorsteht, und glucksen einander erfundene Wörter zu.

7

Als wir den Weg zum Strand erreichen, ist es schon dunkel. Die Nächte hier sind anders als in Oxford, wo Licht den Himmel verschmutzt und Laternen die Straßen säumen. Es ist so dunkel, dass ich September, die vor mir geht, fast nicht sehe. Nur ihre Hand, die meine abwechselnd drückt und loslässt, sagt mir, dass sie da ist. Ich mache mich darauf gefasst, jeden Moment die Vogelbeobachtungshütte aus dem Sand aufragen zu sehen, doch wir haben einen anderen Weg genommen und kommen gar nicht daran vorbei. Die Erleichterung darüber, dass mir der Anblick erspart bleibt, wird schnell von einem Gefühl der Beklemmung abgelöst. Wir sollten ins Haus zurückkehren. Das sollten wir wirklich. Unter uns erstreckt sich der Strand. Ein Feuer, Gesprächsfetzen, das Geräusch des Meeres, das zu laut und gleichzeitig so weit weg ist, als würden wir es nie erreichen. Rings um das Feuer stehen Menschen und springen darüber hinweg. Wir sollten nicht. Doch September packt meine Hand nur noch fester und zieht so lange, bis wir schließlich hinunterlaufen.

Wir gehen nicht gleich zu der Gruppe, sondern schlagen einen Bogen um sie, im Dunkeln, außer Sichtweite.

September hält sich unsere Schuhe über den Kopf, und das kalte Wasser umspült unsere Knöchel. Als ich merke, dass der Saum meines Kleides nass wird, raffe ich es hoch.

Es riecht nach Bier und irgendetwas Verbranntem. Septembers Augen leuchten wie die eines aufgeschreckten Tiers, sie schaut zum Feuer und den Leuten, die es umringen. Langsam gehen wir näher heran. Sechs Gestalten sitzen in einem losen Kreis, trinken Dosenbier und reden durcheinander. Ein paar von ihnen haben nasse Haare, als wären sie im Meer gewesen. Als einer von ihnen uns bemerkt, hebt er die Hand und winkt.

Hallo, sagt er. Die anderen drehen sich um.

September gibt mir einen Stoß, und wir treten vor ins Licht. Ein schwarz verkohlter Klumpen Fleisch brät in der Glut, daneben liegen leere Dosen unter der Asche. Sie haben das Feuer mit Treibholz gemacht, und ich höre das Zischen von Salz. Ein Mädchen wirft mir ein Bier zu, das mich am Bein trifft und in den Sand fällt. September hebt es auf und setzt es mir an die Lippen, sodass mir nichts anderes übrig bleibt, als zu trinken. Irgendwer johlt, ein anderer lacht. Das Bier ist warm.

Da hat jemand Wort gehalten, sagt der Junge, den wir schon kennen. Vielleicht ist es dieser Mund. Oder seine Art zu reden. Er hat einen so starken Akzent, dass ich ihn nicht auf Anhieb verstehe.

Klar doch, sagt September und setzt sich dicht ans Feuer. Ich lasse mich direkt hinter ihr nieder. Die anderen stellen sich vor, aber im nächsten Augenblick habe ich ihre Namen schon wieder vergessen, außer seinem: John. Es sind zwei Jungs und sonst alles Mädchen. Ich sage meinen Namen und höre, wie September, wie ein Echo, ihren sagt. Ein Mädchen – mit silbrigem Metall in der Nase – fragt uns, warum wir hergezogen sind.

Warum nicht?, antwortet September, und aus der Stille entstehen andere Unterhaltungen. Sie reden über gemeinsame Bekannte und Sachen, die in der Schule passiert sind. Jemand gibt mir ein neues Bier, obwohl ich mich gar nicht erinnere, das erste ausgetrunken zu haben. Der andere Junge macht Witze, über die keiner so richtig lacht, während John so leise auf mich einredet, dass ich ihn kaum verstehe. Ich denke: September September September, und stelle fest, dass sie nach wie vor neben mir sitzt und, ohne etwas zu trinken, ins Feuer starrt. John sitzt auf meiner anderen Seite. Er rutscht näher, und sein Arm berührt meinen. Ich denke: Was soll ich tun? Ich spüre den trägen Strom, der von ihm zu mir fließt. Bestimmt kann er jetzt meine Gedanken lesen, so wie ich manchmal die von September, durch die Haut, wie durch ein Stromkabel.

Ich nehme alles, was mir angeboten wird: ein verbranntes Stück von etwas, das womöglich Hühnchen ist, eine Flasche Cider, an der ich nippe, bevor ich sie neben mich stelle, damit September daraus trinkt, was sie auch tut. Sie fragen weiter: Wo wir vorher gewohnt haben? Auf welche Schule wir gehen? Und September antwortet: Wir haben in Oxford gewohnt. Wir gehen nicht zur Schule.

Echt nicht?, fragt der andere Junge. Wieso?

Weil wir keine Lust haben, erwidert sie und grinst. Weil wir nichts machen, worauf wir keine Lust haben.

Darauf fällt keinem eine Antwort ein, nur eins der Mädchen prostet uns mit seiner Bierdose zu.

John sagt etwas, und ich drehe mich um, damit ich ihn höre. Er redet so schnell, dass ich nicht mitkomme, erzählt eine Geschichte, auf die ich mich nicht konzentrieren kann. Ich spüre das Bier und den Cider und den Portwein im Kopf und in den Händen, die ich auf Augenhöhe hebe, um mich zu vergewissern, dass sie nicht zittern. September ist neben mir in Schweigen verfallen. Johns Gesicht nähert sich meinem, und für einen Augenblick fühle ich seinen Mund an meiner Wange; es ist kaum auszuhalten. Ich weiche zurück und schaue ihn an. Mach das noch mal, denke ich. Mach das noch mal. Aber ich sage nichts.

Wir trinken weiter. Immer wieder vergewissere ich mich, ob September noch da ist, und sie lächelt mich an, streicht mir übers Gesicht und die Haare, nimmt meine Hände und legt sie um Bierflaschen oder Flaschen mit zuckrigem Cider. Die Gespräche umspülen uns wie ein Fluss, und wir bekommen nur manchmal lose Sätze oder Fragen zu fassen, die nicht direkt uns gelten, sondern nur in unsere Richtung geschickt werden. Gelegentlich ertappe ich mich dabei, wie ich etwas sage, manchmal drehe ich mich um und sehe, dass September für uns beide spricht. Sie ist scharfzüngig und gemein, wie sie es sonst nur mit mir ist – und manchmal mit Mum –, oder aber sie scheint ihnen wohlgesinnt, diesen Fremden, dann erzählt sie ihnen von Mums Arbeit und den Dingen, für die wir uns interessieren. Über das Feuer hinweg sehe ich, wie sie sich vorbeugen, um besser zu hören, was sie sagt, und nicken oder zustimmend lachen und ihr weitere Fragen stellen oder etwas einwerfen in dem Versuch, ihre Anerkennung zu gewinnen. Ich bin betrunken. Oh ja. Und wie so oft denke ich, dass sie die ist, die ich immer sein wollte. Ich bin ein aus dem Universum geschnittener Umriss, durchsetzt mit sterbenden Sternen – und sie füllt die Lücke, die ich in der Welt hinterlasse. Ich muss an das Versprechen denken, das wir uns vor Jahren gegeben haben; wie wir es aufgeschrieben haben, um es nicht zu vergessen; wie wir uns an den Händen nahmen, sie über das Papier gehalten und gedrückt und gedrückt haben.

Plötzlich finde ich mich am Wasser wieder. Ich bin betrunken, September hat sich das Kleid über den Kopf gezogen, und ihr Körper strahlt wie ein Leuchtturm in der Dämmerung. Das Meer schwappt mir kalt gegen die Waden. Der Saum meines Kleides saugt sich voll Wasser und klebt sich an meine Haut. Weiter draußen, in der schäumenden Brandung, erkenne ich Gestalten, die sich mit dem Rücken voran in die Wellen werfen. Ein Junge ist nackt, und ich sehe seinen Penis, der sich jedes Mal, wenn er springt, aus dem Wasser hebt.

Ich spüre die Veränderung, bevor ich sie sehe. Ein Kribbeln in den Fingern, ich weine und weiß nicht, warum. Ich weiche einen Schritt zurück. Als ich Septembers Namen sage, meine ich, eine Antwort zu hören, bin mir aber nicht sicher. Sie scheint von weit her zu kommen, aus unmöglicher Ferne. Jemand berührt mich, doch ich sehe weder seine Hände noch sein Gesicht. Als ich zum Feuer schaue, ist dort keiner. Keiner von ihnen ist John. Ich gehe am Strand entlang, bin zu betrunken, fühle mich, als hätte ich zu viele Gliedmaßen, Zehntausende Zehen. Ich rufe September, jemand lacht. Jemand umfasst mein Handgelenk. Dann sehe ich sie im schwachen Schein des Feuers. Sie geht davon. Sie hat das Kleid wieder angezogen, es klebt an ihr. Es ist jemand bei ihr. John. Das Feuer bewegt sich, verändert sich, und für einen Augenblick sind die Schatten von September und dieser Person riesig, monströs. Ich ziehe mich zu den Flammen zurück. Mir ist so kalt, dass ich meine Glieder nicht spüre; meine Finger sind von den Spitzen bis zu den Knöcheln taub. Es ist ein Gefühl, als hielte ich etwas in den Händen, und als ich versuche, sie zu ballen, kann ich sie nicht schließen. Eine Schreckenssekunde lang bin ich entwurzelt, verdrängt. Ich fühle Septembers Finger in meinen, einen doppelten Herzschlag, der in meiner Brust zu zucken beginnt, eine zweite Zunge, die so viel Platz in meinem Mund einnimmt, dass ich kaum Luft bekomme. Ich lege mich in den Sand. Alles verlangsamt sich, als geriete die Welt ins Stocken. Alles zieht sich zusammen, und dann drückt etwas gegen meinen Schritt, plötzlich, überraschend, zu schnell, als dass es wehtun würde. Es ist kalt da, wo September ist. September, denke ich. September September September. Etwas verlässt mich. Ich fühle, wie es mir entrinnt, unwiederbringlich. Ein Schmerz flammt auf, und ich beiße mir auf die Zunge, schmecke Salz und Eisen. Ein Schmerz flammt auf, und ich denke, dass ich vielleicht bei September und John bin, in ihr zusammengerollt, aufmerksam beobachtend und fühlend, was passiert. Etwas verlässt mich, und mit einem Schreck wird mir bewusst, dass es meine Jungfräulichkeit ist. Unwiederbringlich. Auf indirekte Art abhandengekommen. September hat Sex und – weil zwei tatsächlich eins bedeutet – ich ebenfalls. Ich schließe die Augen und balle die Fäuste im Sand.

ZWEITER TEIL

DAS RUHEHAUS

Am Anfang war da, wo das Haus stehen würde, nur Erde. Kräftige Bäume, dafür gemacht, den Meereswinden zu trotzen, der Grund salzig und feucht und wimmelnd von Leben. Auf den Hügeln weideten Schafe, gebaren, starben, wurden zu Erde. Kleine Siedlungen, Schäferhütten, Fischerkaten, Pferdewagen, der Gestank von Dorsch und Barsch, Lippfisch und Wittling, die zum Trocknen ausgelegt waren. Zum Schutz der Felder an Zaunpfosten aufgeknüpfte Maulwürfe. Hasenfallen mit zuschnappendem Maul. Wale, die auf den Felsen strandeten und von den Elementen zuschanden gemacht wurden. Die Menschen taten, was sie immer taten, sie lebten und lebten und lebten und bluteten und fanden ihr Ende.

Das Ruhehaus wird gebaut, auch wenn es seinen Namen noch nicht gefunden hat. Um es herum flattert und bellt und dreht sich alles immer weiter. Die Einwohner des benachbarten Dorfes sehen zu, wie das Haus errichtet wird, wie der Bau ins Stocken gerät, beinahe scheitert, sich weiterschleppt. Der sandige Boden verschlingt solche Häuser. Dieses aber bleibt standhaft, und hinter seinen Mauern kommen und gehen die Menschen.

Der Vater von September und Juli, Peter, wird hier gezeugt. Die Wände erbeben, wenden sich nicht ab. Es geht schnell. Im schummrigen Mutterleib flackert Leben auf, winzig und leicht auszulöschen. Peters Eltern packen ihre Sachen und kehren zurück nach Dänemark. Das Haus ist wieder allein. Unter den Dielen vermehren sich die Mäuse wie Kaninchen, auf dem Dach nisten und paaren sich Vögel, auf der Rückseite buddelt ein Dachs einen Bau und verlässt ihn dann auf der Suche nach einem besseren Ort. Es folgen Urlaube im Haus, Sandwiches, die mehr Sand sind als Brot, kalte Vorstöße in die triste See. Zum Geburtstag bekommt Peter ein Fernglas, durch das er vom Fenster aus Vögel beobachtet, ihre aufgefächerte Formation am Himmel bestaunt. Ursa wird in dem Haus gezeugt. Peter denkt: Ich will keine Schwester. Die Einheimischen denken: Sie werden es bald verkaufen und wegziehen. Das Haus wird undicht, die Regenrinne ist verstopft, die Türen beginnen zu quietschen. Manchmal nimmt Peter das Baby mit an den Strand, legt es in den Sand und beobachtet die nahende Flut.

Die Zeit springt aus der Spur. Alle leben und sterben im selben Augenblick. Das Haus steht seit fast fünfzig Jahren, das Fundament ist gerade erst gelegt, die Gegend ist unwirtlich und taugt noch nicht einmal richtig für die Landwirtschaft. Am Strand sind Wale.

    Peter denkt: Für wie viel kann man dieses Drecksloch wohl verkaufen?
    Ursa denkt: Ich komme nie wieder hierher.
    Sheela denkt: Ich komme nie wieder hierher.
    September denkt: Wenn Juli doch ...
    Juli denkt: Ich will nicht ...

Immer mehr verkrustete Motten und Spinnen in sackartigen Gespinsten. Im Fundament die Knochen kleiner Tiere, im Garten Nesseln, deren Wurzeln sich zu Labyrinthen verschlingen. Im Haus prügelt Ursa sich mit ihrem Bruder und verliert unter der Küchenplatte einen Fingernagel, ihre Zähne sind blutig. Im Haus träumt Sheela von ihren ungeborenen Kindern, sieht sie als winzige Kohleflecken an den Wänden. Wenn das Haus – was oft vorkommt – leer steht, schlagen manchmal Dorfbewohner Fenster ein und betrinken sich in dem niedrigen Wohnzimmer, werfen ihre Bierdosen in den offenen Kamin, zeugen in einem der Betten ihre eigenen Kinder, hinterlassen ihre Fußabdrücke hoch oben an der Wand. Peter ist ein Kind und schaut mit dem Fernglas aufs Meer, sucht es nach sinkenden Schiffen ab. In dem stillen Schlafzimmer bringt Sheela ihre Tochter zur Welt, das Haus um sie ist erstarrt, wachsam wie ein Kind. Sheela und Peter schlafen im Bad miteinander, das Wasser flutet den Boden, Sheelas Finger stecken abgewinkelt in seinem Mund. Die Eltern von Peter und Ursa schlafen im Ehebett miteinander, die Decke über den Kopf gezogen, das Licht rot gefiltert. In der Küche streiten sich Sheela und Peter, ein Glas trifft die Wand und zerbirst, die beiden haben die Augen geschlossen, das Glas wird unmittelbar, bevor es zerbricht, gestoppt. Es befindet sich in Sheelas Hand, sie führt es zum Trinken an den Mund. Das Haus streckt sich, um zum Strand zu sehen, wo September und Juli bis zur Hüfte im Wasser stehen, das Gesicht vom Feuer erleuchtet.

SHEELA

1 Sie hatte schon immer gewusst, dass Häuser Körper sind und ihr Körper in vielerlei Hinsicht mehr ein Haus ist als die meisten. Sie hatte diese wunderschönen Töchter in sich behaust, oder etwa nicht? Und in ihr hauste schon ein Leben lang die Depression wie ein kleineres, schwereres Kind. In ihr hatten auch Begeisterung und Liebe und Verzweiflung gehaust, und im Ruhehaus hauste in ihr eine nagende Sorge, die sich nicht abschütteln ließ, eine Erschöpfung, die sich drückend schwer auf ihre Tage legte.

Sie hörte so viele Geräusche, dass sie nicht schlafen konnte. Nachts meist ein Poltern und Donnern, das Geräusch von Schritten, von Fenstern, die auf- und zugemacht wurden, Explosionen, die wie Schreie klangen. Manchmal rannte sie, noch im Halbschlaf, nach draußen, doch da war nie wer. Wenn sie wach im Dunkeln lag, dachte sie oft, dass dieses Haus noch viel mehr ein Körper war als andere. Das hatte sie schon gedacht, als sie das allererste Mal hier war. Damals war sie voller September gewesen – eine unelegante Schwangerschaft, sagte Peter und zeigte ihr auf der Straße Frauen, die von hinten überhaupt nicht schwanger aussahen – und empfänglich für die kleinsten Veränderungen. Sei es in der Temperatur, im Geruch des Hauses, in der Art und Weise, wie die Luft in den Räumen stand. Als sie herzogen, war sie im achten Monat, vielleicht auch schon weiter, und litt unter Hitzewallungen, hatte jeden Tag andere Vorlieben und Abneigungen, was Essen betraf, und hielt es manchmal ohne ersichtlichen Grund einfach nicht mehr drinnen aus. Als September zur Welt kam – ein paar Tage später als vorgesehen –, war sie zu der Überzeugung gelangt, dass das Haus war wie sie, ein sich bewegendes, sich wandelndes Ding mit plumpem Leib, etwas, das sich manchmal aufblähte und über die eigenen Wände hinaus anschwoll, sich manchmal auch so sehr erhitzte, dass es ihr den Schweiß in die Augen trieb.

Ursa war die Einzige aus Peters Familie, zu der sie Kontakt hatte, und selbst das nur selten. Zum Geburtstag gab es Karten für die Mädchen, und manchmal trafen sie sich auf halber Strecke an irgendeiner trostlosen Raststätte zum Mittagessen, aber eigentlich hatten sie nicht viel füreinander übrig. Sie beugten sich familiären Zwängen, nichts weiter. Sheela wusste, dass Ursa ihr – obwohl ihre verkrampfte Höflichkeit sie davon abhielt, es auszusprechen – eine Mitschuld an Peters Tod gab, weil sie ihm die Kinder als Babys weggenommen hatte, weil sie es nicht durchgestanden hatte. In den drei Jahren vor Septembers Geburt hatten sie manchmal zu dritt Urlaub gemacht, in billigen Cottages in Wales oder Schottland. Peter war mit seinem Fernglas losgezogen, die beiden Frauen hatten vor dem jeweiligen Cottage im Grünen gesessen, und manchmal hatte Ursa Geschichten aus ihrer Kinderzeit erzählt, von den kleinen Grausamkeiten, die ihre Beziehung bestimmt hatten. Aber wenn er zurückkam, lief sie ihm ständig hinterher, kochte für ihn, brachte ihm Geschenke und rang in einer Weise um seine Anerkennung, wie Sheela es zunehmend auch bei sich selbst beobachtete. Er war wie ein schwarzes Loch, und was einmal von seiner Anziehungskraft erfasst worden war, überlebte nicht lange.

Als sie ihn verließ, waren sie fünf Jahre zusammen gewesen, und jedes Jahr – besonders nach der Geburt der Kinder – hatte sie gedacht: Jetzt aber, es ist Zeit zu gehen, jetzt aber. Ein Jahr nach seinem Tod klingelte nachts das Telefon, und Ursas bebende Stimme hob und senkte sich durch das Rauschen. Ich konnte es dir nicht früher erzählen, tut mir leid, er ist tot, und mehr gibt es dazu eigentlich nicht zu sagen. Sheela machte ihr keinen Vorwurf, dass sie so lange gewartet hatte. Sie wusste, wie es war, Peter zu lieben und zu hassen. Nach allem, was in der Schule vorgefallen war, hatte sie Ursa angerufen. Ihr gehörte das Cottage in Yorkshire, wo Sheela September zur Welt gebracht hatte und wo sie, als die Mädchen noch klein waren, nach einem besonders schlimmen Jahr Unterschlupf gefunden hatten. Nachdem Sheela ihr erklärt hatte, was sie brauchte, hatte Ursa, ohne zu zögern, Ja gesagt und den Mietern gekündigt.

Schritte in der Nacht, Türen, die offen standen, obwohl sie genau wusste, dass sie sie zugemacht hatte; der Boiler, der lief, auch wenn sie ihn ausschaltete; das Internet, das so langsam war, dass man kaum eine E-Mail schicken konnte. Sie rebellierte gegen sich selbst, verweigerte sich einem sinnvollen Leben, und das Haus tat das Gleiche, es fuhr herunter wie ein alter Computer.

Eines Nachts krachte es, als sei jemand hingefallen. Sie blieb mit dem Fuß im Gürtel ihres Morgenmantels hängen und wäre fast gestürzt. Für alle Fälle bewaffnete sie sich mit dem Glas vom Nachttisch. Als sie die Treppe hinunterspähte, sah sie, dass im Wohnzimmer Licht brannte. Wankend stand sie im Halbdunkel und blickte sich um. Da war nichts, niemand war eingedrungen, um sie zu töten. Ein Knistern in der Luft wie von einem vorbeifahrenden Zug und die Überzeugung, dass das Peter war. Zurückgekehrt oder immer hier gewesen. Doch dann entwich die Spannung aus dem Raum, und sie wusste, dass sie müde war und um etwas trauerte, das sie verloren hatte. Sie machte das Licht aus, ging ins Schlafzimmer und ließ sich ins Bett fallen.

Als sie noch ganz klein gewesen waren. Ihre beiden Mädchen. Eine hinausgejagt von der anderen. Die Anfangstage, Juli eben erst zur Welt gekommen, September noch nicht ganz ein Jahr alt und ihr Vater seit vielleicht einer Woche fort. Das Zimmer in Oxford, wo sie eine Weile gelebt hatten, die meiste Zeit im Bett, der Geruch von Muttermilch und abgestandenem Kräutertee, die Bilderbücher, die sie September vorlas, während sie Juli im Arm hielt. Sie hatte noch nie so viel Körperkontakt gehabt, ihre Haut fühlte sich an, als könne sie jeden Moment reißen wie dünner Stoff. Die beiden zu lieben war, wie Einkaufstaschen einen Hügel hochzuschleppen, und manchmal war Sheela überzeugt davon, dass sie es auf ihr Fundament abgesehen hatten, dass sie ihren Körper Stück für Stück auseinandernehmen und in ihr Inneres zurückklettern wollten.

Davor noch, im Ruhehaus, September frisch geboren und Peter wie ein brennendes Schiff in der Nacht, mit flammenden Segeln, das alle anderen Boote mit sich riss. Seine Finger, die ihre Handgelenke umschlossen, seine Stimme in der Sprache, die sie nicht verstand, die er aber trotzdem ständig verwendete. Sie hatte gesagt, er solle gehen, und diesmal hatte sie mit den Fäusten auf sein Gesicht eingetrommelt. Als er fort war, versteckte sie den Schlüssel ganz hinten in der Schublade oder unter der Matratze, oder in der Tasche ihres Schlafanzugs, und manchmal wachte sie nachts auf, weil sie hörte, wie er versuchte hereinzukommen; da schrie er nicht, sondern schlich leise ums Haus und suchte nach einer Öffnung. Später, als er versuchte, in das Haus in Oxford einzudringen, legte sie sich wie eine Wolfsmutter auf die Türschwelle und lauschte den Mädchen, die beide dasselbe träumten und im Schlaf redeten. Wovon würde sie träumen, wenn sie träumen könnte? Von der Zeit, als sie ihn geliebt hatte, von seinen Händen, von dem Druck in ihrem Innern durch die zwei Töchter, von denen sie sich manchmal fragte, ob es besser gewesen wäre, sie hätte sie nicht bekommen. Letzten Endes war Liebe nicht genug, nicht diese Art von Liebe.

Vor Julis Geburt schob sie September im Kinderwagen durch die Parks der Universität, und September drückte den Kopf an ihren schwangeren Bauch und murmelte etwas.
Was? Was hast du gesagt?
September strahlte und patschte auf Sheelas Bauch.
Deine Schwester.
Ihr zahnloses Lächeln.
Nie hätte sie sich ausgemalt, dass die beiden so werden würden. Draußen im Garten in den weißen Kleidern, die sie ihnen auf ihr Flehen hin im Secondhandladen gekauft hatte, die Knie dreckverkrustet, die Köpfe zusammengesteckt. Immer schienen sie irgendein Geheimnis zu teilen, eine Wahrheit, die nur sie kannten. Der Ausdruck ihrer Augen, wenn sie sie überraschte, das plötzlich hereinbrechende Schweigen, gegen das sie kaum je ankam. Ihr leeres Geplapper bei den Versuchen, ihre Freundin zu werden. Die Freundin ihrer eigenen Kinder. Was die Lehrer über sie gesagt hatten: isoliert, desinteressiert, wie Kletten aneinander-

klebend, unreif, manchmal zu großer Grausamkeit neigend. Die Gesichter der beiden, wenn sie mit ihnen schimpfte, die Blicke, die sie einander zuwarfen. Sie hatten versucht, den Hamster eines Jungen in der Toilette hinunterzuspülen. Einem Kind hatten sie erzählt, dass seine Eltern sich scheiden lassen wollten, einem anderen, dass es den Weihnachtsmann nicht gab.

Ihre Essgewohnheiten. September war schon immer heikel gewesen und hatte alles verweigert, was grün, rot oder gelb war. Irgendwie hatte sie es jedes Mal gemerkt, wenn Sheela Gemüse pürierte oder anderweitig untermischte. Dann hatte sie geschrien, bis der Teller fort war. Juli war anders, unersättlich, am glücklichsten, wenn sie Karottenstäbchen oder Trauben mampfte, verschmiertes Gesicht, klebriges Lächeln. Manchmal hatte Sheela September dabei ertappt, wie sie der kleinen Juli etwas ins Ohr flüsterte oder den mit Gemüse gefüllten Teller von ihr wegschob. Irgendwann hatte auch Juli angefangen, das Essen zu boykottieren. Als September fünf und Juli vier war, hatten sie sich merkwürdig wählerisch gegeben, und das ohne erkennbare Logik, ohne jegliches System. In der einen Woche aßen sie nichts als Pfannkuchen, in der nächsten nur Mandarinen und Apfelschnitze. In einer besonders schwierigen Woche stritt Sheela mit ihnen, weil sie sich weigerten, etwas anderes zu essen als Gummibärchen. Die Ärztin hatte gesagt, das sei Trotz, wenn eine einknicke, werde die andere es ebenfalls tun, und Sheela gab ihr recht. Juli litt mehr als ihre Schwester, sie war misstrauisch gegenüber allem, was nicht selbstgekocht war, sie wurde blass, ihr Haar wurde dünn. September war die Rädelsführerin, und Juli war diejenige, die es ausbaden musste. Später hatte es sich gebessert, trotzdem aßen sie nach wie vor am liebsten Käsesandwiches, manchmal, wenn auch nur selten, mit Zwiebeln oder Mayonnaise, aber immer mussten die Rinde abgeschnitten und die Brote in mundgerechte Dreiecke unterteilt werden. Sie waren so klein. Mit zehn und elf hatten sie gerade mal wie sechs oder sieben gewirkt mit den Kringeln ihrer kindlichen Sprache, den Bändern, die sie ihnen auf ihr Drängen in die Haare flocht. Als sie ins Teenageralter kamen, war noch offensichtlicher geworden, wie sehr sie sich von ihren Mitschülerinnen unterschieden; sie waren klug, aber unterentwickelt, naiv, gerne klein. Oft hatte Sheela sich gefragt, ob sie sich gegenseitig in der Kindheit festhielten, es war, als hielten sie einander umschlungen und wollten nicht loslassen.

Halloween, als September dreizehn war. Beide waren hoch aufgeschossen, hatten schlaksige Glieder und kreuz und quer in den Mund gepferchte Zähne. Sie standen in der Küche und hieben auf einen Kürbis ein. Eine Weile zuvor hatte Sheela begonnen, sie abwechselnd einen Abend in der Woche auszuführen. Während die eine zu Hause blieb, ging sie mit der anderen asiatisch essen oder ins Kino. September war so wütend darüber, dass sie oft jedes Gespräch verweigerte und das Essen stumpf in sich hineinschaufelte. Juli dagegen schien die Abende zu genießen, denn sie gaben ihr Gelegenheit, von der Schule zu erzählen oder von den Büchern, die sie las, ohne dass September ihr ins Wort fiel. Früher hatten sie Halloween nie gefeiert, aber neuerdings hatten die Mädchen eine Vorliebe für Horrorfilme, und das Ganze war seit Monaten geplant. Das Haus war voll von sich abseilenden Spinnen, falschen Spinnweben, eimerweise matschigen Augäpfeln. Im Gang wäre Sheela fast über einen billigen Plastikbesen gestolpert. Die Mädchen standen, Hexenhüte auf dem Kopf, in der über und über mit Kürbis beschmierten Küche.

Ich könnte euch ja begleiten, sagte Sheela um halb sieben, als die beiden die Kerzen für den Kürbis anzündeten und in ihre Kostüme schlüpften.

Oder auch nicht, sagte September. Juli schaute gequält. Sheela wünschte, sie hätte nichts gesagt, sie hätte es sich doch denken können. Aber am Vorabend hatte September ihr von hinten die Arme um die Taille geschlungen, wie sie es zuletzt getan hatte, als sie fünf gewesen war. Die Erleichterung darüber hatte Sheela glauben gemacht, sie könne sich über die sorgfältig gezogenen Grenzen hinwegsetzen.

Jemand, sagte Juli – die ewige Friedensstifterin –, muss hierbleiben und Süßigkeiten verteilen.

Als sie um sieben loszogen, schlich Sheela sich hinter ihnen aus dem Haus und folgte ihnen in sicherem Abstand. Im Schutz der Hecken beobachtete sie, wie sie sich Häusern näherten, Juli mit schräggelegtem Kopf, damit sie September besser hörte. Sie hatten sich als die Schwestern aus *Shining* verkleidet, ihre Gesichter waren mit Mehl bestäubt, die Haare in Locken gelegt. Sie würden zwar nie gleich aussehen – dazu kam Juli zu sehr nach Sheela und September nach ihrem Vater –, aber ihre Bewegungen hatten etwas Verstörendes, sie waren unvollkommene Doppelgänger, drehten gleichzeitig den Kopf. Es waren nicht viele Kinder unterwegs, aber immerhin ein paar, und Sheela beobachtete, wie September und Juli einen Schlachtplan schmiedeten und in die Eimer der kleineren Kinder schauten, um festzustellen, wo ein Besuch sich lohnte. Mit zunehmender Dunkelheit konnte sie näher zu ihnen aufschließen und teilweise hören, was sie redeten. Die Süßigkeiten in der Rührschüssel, die Juli trug, raschelten. Gern wäre Sheela in den Lichtkegel der Straßenlampen getreten und neben ihnen gegangen, doch sie blieb auf Abstand, folgte ihnen beharrlich, wartete, wann immer sie an eine Tür klopften und freudig gackernd mit ihrer Ausbeute zurückkehrten. Irgendwann bogen sie in eine lange Zufahrt ein, und Sheela lehnte sich an eine Mauer und blickte die Straße hinunter zu den Rädern, die dort angeschlossen waren, und einem vorbeiratternden Bus. Als sie sich wieder umdrehte, waren die beiden verschwunden. Eilig setzte sie sich in Bewegung, doch sie konnte sie nirgends entdecken. Neben einer Straßenlaterne fand sie die Süßigkeitenschüssel, die dort einfach so stand. Da wurde sie panisch, rannte hierhin und dahin, hielt Passanten an, überlegte, die Polizei zu rufen, lief jedoch stattdessen nach Hause, um dort nachzusehen. Schreiend hastete sie durch die Zimmer. Als sie sich umdrehte, stand September in der offenen Tür, allein, abgeschminkt und mit erwartungsvollem Blick.

Juli ist weg, dachte sie. Ich hätte sie nicht aus den Augen lassen dürfen. Ich wusste, dass das passieren würde.

Wo ..., setzte sie an, und dann tauchte Juli auf und erzählte, dass sie alle ihre Süßigkeiten verloren hätten, aber egal.

Egal, sagte Sheela und streckte die Arme nach ihnen aus.

Später fragte sie sich – und sie hasste sich dafür –, ob September das Ganze inszeniert hatte. Dieses schwierige, wunderbare Kind, das sich seit seiner Geburt gegen sie auflehnte, das Essen verweigerte, ihre Brust ignorierte, die Spielsachen, die sie ihm kaufte, nicht mochte und genau wusste, wie es sie ärgern konnte, ohne dass die Absicht dahinter offenkundig wurde. Hatte September etwa gewusst, dass sie ihnen folgte, und es so eingefädelt, dass sie die verwaiste Süßigkeitenschüssel fand, September als Erstes durch die Tür kommen sah und dachte, Juli sei etwas zugestoßen?

September konnte ihre Schwester zu allem kriegen. Das war schon immer so gewesen. Wie September mit Juli umging, das erinnerte Sheela manchmal daran, wie Peter mit ihr umgegangen war: wie er ihr seine Liebe vorenthalten hatte, um sich einen taktischen Vorteil zu verschaffen, wie er sie kontrolliert, das jedoch hinter seidenweicher Fürsorge verborgen hatte. Immer wieder sagte sie sich, dass es nicht dasselbe war, dass September nicht war wie dieser Mann. Aber manchmal kamen ihr Zweifel.

Es gab Phasen, gewisse Zeitabschnitte, in denen das Band zwischen den beiden etwas nachzugeben schien, was dazu führte, dass Septembers Temperament ebenso gemildert wurde wie Julis krankhafte Angst. Möglicherweise ergaben sich diese Phasen aus dem kleinen Altersunterschied, der sich manchmal wie eine Kluft zwischen ihnen auftat. Als September ihren ersten Milchzahn verlor, als September ein paar Monate vor Juli zum ersten Mal ihre Tage bekam, die Wörter, die September lernte, bevor Juli sprechen konnte. In diesen Zeiten lief alles besser. Sheela hasste sich dafür, aber sie war froh, wenn die beiden nicht ganz so unzertrennlich waren und stattdessen ihr mehr Platz einräumten. Dann leistete Juli ihr nach dem Abendessen in der Küche Gesellschaft, oder September las und kommentierte die Bilderbücher, an denen sie gerade arbeitete. Immer wieder hatte sie erwogen, die beiden auf verschiedene Schulen zu schicken, eine Art Regelsystem einzuführen, eine Therapeutin zu finden, zu der sie einzeln gehen konnten, aber sie hatte sich nie dazu durchgerungen. Das unverschämte Glück der beiden, wenn sie einander nahe waren, die Sicherheit, in die sie einander hüllten wie in Watte. Sheela hatte selbst keine Geschwister, aber wenn sie die beiden sah, wünschte sie sich, sie hätte welche.

Sie waren noch ganz klein gewesen, als Sheela sie zum ersten Mal gezeichnet hatte. Sie hatte auch vorher schon Bilderbücher gemacht, aber nichts von Bedeutung. Fünf, manchmal auch sechs Tage die Woche arbeitete sie in Blackwell's Buchhandlung an der Kasse, und in ihrer Freizeit suchte sie nach einer Idee für ein Buch, das es ihr erlauben würde, zu kündigen. Weil sie keinen Schreibtisch hatte, schrieb sie im Bett und versteckte die misslungenen Zeichnungen unter der Matratze.

Die Mädchen spielten unten und waren schon verdächtig lange leise. Sie zog die Hausschuhe an und tappte hinunter, um nach ihnen zu sehen. Sie hatten sich aus Couchpolstern und über die Stühle gelegten Mänteln eine Höhle gebaut. Darin saß Juli und flüsterte etwas, das wie eine Zauberformel klang, während September mit ausgestreckten Armen auf der Couch stand.

Ich habe eine Taschenlampe, rief sie, als Sheela ins Zimmer kam. Und das hier ist ein Seil. Verstanden?

Verstanden, sagte Sheela, ging wieder nach oben und zeichnete sie. Die Couch als Klippe, die Kissenhöhle als Grotte und die beiden, durch Stift und Papier irgendwie verstehbar gemacht, irgendwie greifbarer.

Mit fünfzehn und sechzehn waren sie wieder unzertrennlich wie eh und je. September antwortete für ihre Schwester, die Mahlzeiten wurden sorgfältig geteilt und vom selben Teller gegessen, und wenn sie schliefen, dann Kopf an Kopf auf demselben Kissen. Sheela hatte sich Sorgen gemacht, dass das Ganze ausufern könnte. Dass mit September die Wut durchgehen könnte. Und letztendlich war genau das passiert. Die Dinge hatten sich mehr und mehr und mehr aufgestaut, und irgendwann war das Fass übergelaufen. Das schrille Klingeln des Telefons im Todestagshaus, wie sie hingestürzt und auf der letzten Treppenstufe fast gestolpert war, das kurze Zögern vorm Abheben und dann der stockende Atem.

2 Bei ihrem ersten Aufenthalt im Haus war September elf und Juli zehn. Im Jahr davor hatte September – gegen Sheelas Willen – darauf bestanden, dass ihre Geburtstage zusammengelegt wurden, und jetzt war der 5. September ihr gemeinsamer Tag, mit zwei Torten, doppelt so vielen Geschenken und in die Haare geflochtenen Stoffbändern.

Sie litt schon das ganze Jahr unter einer Schreibblockade, hatte Mühe, überhaupt aus dem Bett zu kommen. Ihre Ärztin verschrieb ihr Medikamente, mit denen sie das Gefühl hatte, in einem hüfthohen Sumpf zu stecken. Dank der Pillen wollte sie sich zwar nichts mehr antun, aber sie wollte auch sonst nichts tun. Also setzte sie die Tabletten ab, stornierte ihre Therapietermine, rief Ursa an, um zu fragen, ob das Haus frei sei, und packte das Auto voll. Während der ersten Hälfte der Strecke trat September unablässig gegen ihre Rückenlehne und verlangte, dass sie den Radiosender wechselte. In Sheelas Vorstellung versprach das Haus Erleichterung, dort würde alles von ihr abfallen, die weißen Wände verströmten Ruhe, das Schlafzimmer war sanft und verzeihend. Ihrem eigenen Fleisch war nicht zu trauen, aber das Haus würde sie drei umhüllen und beschützen, wie sie selbst es nicht mehr vermochte.

Während der ersten Tage war alles gut, und sie war froh, dass sie hergekommen waren. Das Wetter war herrlich, und sie hielten sich so viel wie möglich draußen auf – am Strand oder im Meer, auf Decken liegend, mit Sandwiches versorgt. Das Wasser war kalt und die Sonne heiß, und Sheela spürte den Sonnenbrand, den sie sich geholt hatte, und den Schmerz, wenn September sie an den Haaren zog; sie trauerte um einen toten Seehund, den sie fanden, und lachte, als Juli stolperte und beinahe mit dem Gesicht voran in einem Gezeitentümpel gelandet wäre. Juli legte den Kopf in ihren Schoß und schlief ein. September erzählte ihr von den Vögeln, die sie draußen über dem Meer sah.

Aber dann kam ein stürmischer Tag, sie wurden vom Regen geweckt, waren im Haus eingesperrt. Ihr Gesicht blickte ihr aus dem Badezimmerspiegel entgegen, als stecke eine Doppelgängerin in ihrer Haut. Die Stimmen der Mädchen zerrten an ihren Nerven, irgendwie verkehrte sich alles, was sie sagten, ins Negative. Die Wände kamen ihr viel zu nahe, engten sie ein.

Ein grauenhafter Freitag – sie hatte den Wochentag im Kalender nachschauen müssen –, an dem alles schiefging. Als ihr in der Küche eine Tasse zu Bruch ging, sickerte Verzweiflung in jeden noch so kleinen Spalt in ihr. Sie wusste noch, wie es war, erleichtert, genervt, sauer, aufgeregt oder nach einem langen Tag müde zu sein, aber momentan war alles, was sie fühlte, Angst. A-N-G-S-T. Die Buchstaben leuchteten vor ihrem inneren Auge auf. Irgendwo im Haus ertönte ein Geräusch, ein Poltern, gefolgt von einem kurzen, schrillen Schrei, der sofort unterdrückt wurde. Sie ließ die kaputte Tasse liegen und rannte hin. Julis Gesicht und Hände waren blutig, das Rot schrillte wie eine Alarmglocke durch das dumpfe Grau. Die einzige Antwort auf ihre Fragen waren Septembers zusammengekniffener Mund und der Blick unter schweren Lidern hervor sowie Julis ängstliches, erzwungenes Schweigen. Wie war das passiert? Warum? Was hatten sie sich dabei gedacht? Die Schnittwunde war nur oberflächlich, das Blut ließ das Ganze dramatischer aussehen, als es war. Nachdem sie Juli verarztet hatte, brachte sie die beiden auf ihr Zimmer, gab ihnen Wasser und blieb bei ihnen, bis sie Septembers mürrische Miene nicht mehr ertrug und wieder ins Bett ging, wo sie bei offener Tür dalag und zuhörte, wie die beiden sich lachend durchs Haus bewegten, als wäre nichts gewesen. Was für ein Tag. Was für ein Tag, um am Leben zu sein. Es war nicht zum Aushalten. Sie konnten ewig spielen, ohne an sie zu denken oder zu merken, dass sie fort war. Sie schlüpfte in ihre Schuhe und den Mantel und nahm den Autoschlüssel vom Haken neben der Haustür.

Hügelaufwärts ging der Motor ihr ein paarmal aus, doch sie fuhr weiter, stellte die Scheibenwischer an. Vor Jahren war sie mal mit Peter hier irgendwo in einem Pub gewesen. Sie fuhr nach Gefühl. Als sie ankam, war der Parkplatz fast voll, und sie quetschte ihr Auto irgendwo an den Rand.

Das Pub war gut besucht, aber sie zwang sich, nicht umzukehren. Auf der Bühne spielten ein paar Männer jenseits der fünfzig Coverversionen bekannter Songs, das Publikum bestand aus Familien mit Kindern und Schnaps trinkenden Teenagern. Sheela bestellte ein Bier und setzte sich damit in eine ruhige Ecke. Trank drei schnell hintereinander. Es gab noch andere Gäste, die tranken wie sie: mit Vorsatz. In der Mitte des Raums balgten sich jaulende Hunde, liefen zu ihren Besitzern und stürzten sich wieder ins Getümmel. Kinder schlossen sich ihnen an, kreischten und wurden gebissen und lachten und rannten wild umher. Sheela bestellte Pommes, die sie in Ketchup tunkte und aß. Die Band spielte jetzt schnellere Songs, die Worte verschwammen und verschwanden. Jemand stieß gegen Sheelas Stuhl und verschüttete ihr halbes Bier. Als er ihr ein neues bestellte und sich lächelnd entschuldigte, musterte sie ihn. Sie fühlte die Angst tief im Magen und in der Brust, sie würde wohl nachgeben. Er hatte faltige Hände, schütteres Haar und einen kleinen, straffen Bierbauch, aber seine Lippen waren voll und sinnlich. Er stellte ihr Fragen, und sie erzählte ihm alles, was er wissen wollte. Was er redete und der Geschmack des Biers und die Kleider, die sie trug, und der Gedanke an ihre Kinder im Haus – sie war so erschöpft! Er berührte ihren Arm.

Noch eins?

Nicht hier, antwortete sie.

Sie fuhren hintereinander her, sodass seine Scheinwerfer sie auf der holprigen Straße blendeten. Sie hustete, machte das Fenster auf und ließ sich vom kalten Fahrtwind den Kopf lüften. Vorm Haus angekommen, stellten sie die Autos ab. Sie legte einen Finger auf die Lippen, dann schlichen sie wie Teenager nach oben, tasteten sich an den Wänden entlang und hielten sich gegenseitig den Mund zu. Vor dem Zimmer der Mädchen blieb sie kurz stehen und lauschte. Alles war ruhig, sie schliefen.

Im Schlafzimmer erkundeten sie, wie sie zueinander fanden und wie sie mit ihrer Trunkenheit umgehen sollten. Vielleicht hatte auch er schon lange keinen Sex mehr gehabt. Sie spürte, wie sehr er es wollte – selbst durch die Weiten ihrer Angst hindurch. In ihrem Kopf lief ein Song in Dauerschleife, manche Wörter erzeugten Plosivlaute, es war kaum zu ertragen. Sie dachte an Dinge, die alles andere als sexy waren: Arzttermine, in ebendiesem Zimmer ein Kind geboren zu haben, das Blaulicht von Krankenwagen auf den Wänden, Zucchini-Schneiden, den Geruch von Wäsche, die man in der Waschmaschine vergessen hat.

Er saugte an ihren Nippeln, aber die waren so empfindlich, dass es wehtat, darum schob sie ihn tiefer. Er folgte bereitwillig, und sie betrachtete seinen fremden Kopf, während er sich an ihrer Vulva zu schaffen machte, nach ihrer Klitoris suchte. Als er sie fand, fühlte Sheela, dass es nicht lange dauern würde. Der Orgasmus, die krampfartigen Zuckungen, waren beides zugleich, zu gut und zu schrecklich. Danach war ihr nicht nach Geschlechtsverkehr, also legte sie sich auf den Rücken, und er spielte mit seinen Nippeln, während sie seinen Penis rieb, bis seine Augen sich weiteten. Als er kam, meinte sie, ein Geräusch zu hören, sagte, er müsse gehen, und sah zu, wie er sich anzog und verschwand.

Am nächsten Morgen war es, als sei es nie passiert. Die Mädchen spielten im Garten und turnten an der Wäschestange. Als Sheela die Arme ausbreitete, kam Juli mit fliegendem Haar auf sie zugerannt und warf sich hinein. Sie drückte sie an sich. Über die Schulter sah sie September, die sie aufmerksam beobachtete und währenddessen mit der Fußspitze Löcher in den Boden bohrte. Sheela schloss die Augen, um sie auszublenden.

JULI

1 Der Morgen danach, sagt September und zerstößt ein Paracetamol, verrührt das Pulver in Milch, öffnet eine Dose Pfirsiche und lässt mir ein Bad ein.

Ich kann mich gar nicht erinnern, wie wir heimgekommen sind, sage ich und nestle an meinem Kleid, aus dem Sand aufs Sofa rieselt.

Ich hab dich getragen, du wiegst eine Tonne.

Im Badezimmer zieht sie mir das Kleid über den Kopf. Es riecht nach Algen und Blut. Während sie mit der Hand durchs Badewasser fährt, betrachte ich den Stoff und entdecke am Futter einen rostroten Fleck. Und ja, da fallen mir seine Hände ein, die mich berühren, aber nicht richtig, sein Mund, der mich berührt und dann wieder nicht. Die Badezimmerfliesen knallen gegen meine Knie, die Kotze in der Toilette hat die Farbe von Cider und Fleisch. September streicht mir die Haare aus dem Gesicht und wischt mir den Schweiß von der Stirn.

Du hast blaue Flecken. Sie beugt sich vor, sodass ihr Mund dicht an meinem Gesicht ist.

Was?

Sie pikst mit dem Finger gegen mein Brustbein, und der Schmerz löst eine neue Welle der Übelkeit aus, mein Kopf scheint zehnmal größer, als er sein sollte. Als ich den Blick senke, sehe ich Flecken, frisch und rötlich, ziemlich groß.

September tippt gegen einen, ich sage Aua und schlage nach ihrer Hand.

Fingerabdrücke, sage ich und studiere den auf dem Kopf stehenden Umriss.

September packt mich unter den Achseln und zieht mich hoch. Wahrscheinlich bist du in deinem Suff irgendwo dagegengestoßen. Steig in die Wanne.

Das heiße Wasser tut gut, und ich tauche so weit unter, dass nur noch Ohren, Nase und Mund herausschauen. September hockt sich auf den Klodeckel und macht irgendwelche Gesten, die ich nicht deuten kann. Im Wasser zeichnen sich rote Schlieren ab, wie damals im Schwimmbecken, und ich habe Schmerzen, ganz unten und im Bauch.

Ich habe es gespürt, sage ich.

Was meinst du? September nagt an einem Fingernagel.

Ich habe gespürt, wie es passiert ist.

Sie zieht die Beine an. Cool.

Mir ist es auch passiert, sage ich. Indirekt. Es hat sich angefühlt, als hätte ich was in den Händen und im Mund, und dann hat es wehgetan. Hast du das auch gespürt?

Mir kam es bedeutsam vor, doch sie wirkt unbeeindruckt.

Vielleicht, sagt sie.

Wie Zauberei. Wir sind zusammen entjungfert worden. Wie durch Zauberei.

Ich gleite tiefer ins Wasser, bis es über mein Gesicht schwappt, und versuche mich zu erinnern, was es genau für ein Gefühl war: seine Zunge in meinem Mund, die kalte Luft an meinen Beinen. Außerdem fällt mir ein, wie er am Lagerfeuer näher gerutscht ist, wie seine Schulter meine berührt hat, sein Mund meine Wange. Er wollte mich. War das möglich? Ja, er wollte mich, aber dann hat September sich das Kleid über den Kopf gezogen und ihn mitgerissen.

Du hast mit ihm geschlafen, obwohl du wusstest, dass ich ihn mag.

Mir wird erst klar, dass ich das ausgesprochen habe, als sie sich umdreht und mich anstarrt. Ihr Gesicht ist glatt und leer wie das eines Reptils, sie hebt die Hände. Sie zuckt mit den Schultern.

Du hättest garantiert nichts gemacht. Ich hab dir geholfen.

Ich wünschte, ich hätte nichts gesagt, ich könnte die Worte in meinen Mund zurückholen. September ist wütend auf mich, und ich weiß nicht, was sie mit ihrer Wut anstellen wird.

Du könntest ihm doch ein Foto von dir schicken, sagt sie, und es trifft mich wie eine Ladung Steine.

Mein Kater wird schlimmer, er drückt mir auf den Kopf. September sagt, meine Haut sei feucht, holt die Bettdecke von oben, wickelt mich darin ein und bringt mir heißes Wasser zum Sofa. Ich muss ständig an das denken, was am Strand passiert ist. Manchmal sehe ich es mit Septembers Augen, manchmal mit meinen. Das durchnässte Kleid und der grobe Sand. Ich döse ein und wache auf, mein Mund ist strandtrocken, die Lider sind verklebt. Als ich die Augen öffne, sehe ich September, die neben mir steht und mich beobachtet. Ihren Mund voller Zähne und ihre Augen, die mich auf dem Sofa spiegeln.

Später stehe ich, meine Bettdecke im Schlepptau, am Waschbecken, lasse Wasser in meine Hände laufen und trinke es gluckernd. September ist weder auf dem Sofa noch im Bad noch in der Speisekammer noch in der Küche. Ich suche sie oben. Aber in unserem Zimmer und im Abstellraum ist sie auch nicht.

Ich lege den Kopf an Mums Tür. Stille. Ich würde mich das nicht trauen, aber September schon, also traue ich mich auch. Ich umfasse den Türknauf und drehe ihn langsam, dann drücke ich die Tür auf und schiebe mich ins Zimmer. Es mieft, auf dem Boden stapeln sich schmutzige Teller und schmuddelige Tassen, sämtliche Oberflächen sind mit Wassergläsern vollgestellt. Mum liegt, die Decke fast bis über den Kopf gezogen, im Bett und kehrt mir den Rücken zu. Ihr Oberkörper hebt und senkt sich. Ich stelle mir vor, wie sie nachts nach unten geht, um uns nicht sehen zu müssen, und sich, ohne das Licht anzuschalten, durch die Zimmer bewegt, ihr müdes Gesicht im Schein der Kühlschrankbeleuchtung.

In der Ecke steht ein Schreibtisch. Ich gehe hin, umfasse die Rückenlehne des Stuhls und schaue mir die Zeichnungen an, die auf dem Tisch liegen. In Mums anderen Büchern sind alle Bilder bunt und zeigen Szenen draußen, auf Felskuppen oder im Wald, sie zeigen September und mich, wie wir auf einer Mauer balancieren oder durch eine düstere Höhle kriechen. Diese Bilder sind anders. Sie zeigen alle das Ruhehaus, manche das Wohnzimmer aus verschiedenen Perspektiven: September schlafend auf dem Sofa eingerollt oder wie sie vor dem Fernseher steht oder sich die Haare bürstet. Auf einem tauscht sie die Glühbirne in der Speisekammer aus. Die Zimmer auf den Bildern sind klein und düster. Ich schiebe ein paar Blätter beiseite. Auf den nächsten schneidet September von einem Käseblock dünne Scheiben ab, schleppt Kartons die Treppe hinauf, liest oder verschiebt die Magnetbuchstaben am Kühlschrank. Sie lugt hinter der Speisekammertür hervor, klettert die Leiter des Stockbetts hinunter. Ich sehe die Bilder noch mal durch. Auf keinem einzigen bin ich zu sehen. Als eines herausrutscht und auf den Boden fällt, bücke ich mich und hebe es auf. Es zeigt das Badezimmer, September mit nassen Haaren in der Wanne, die Knie unters Kinn gezogen. Irgendetwas an der Zeichnung ist anders. Ich halte sie mir dicht vor die Augen, um in dem schwachen Licht besser sehen zu können. Im Spiegel ist ein silberner Streifen zu erkennen, aus der glatten Oberfläche schiebt sich der Anfang von etwas, das eine Hand sein könnte.

Mum setzt sich auf. Sie reibt sich die Augen, ihre Haare sind plattgedrückt. Ich schleiche zur Tür.

September?, sagt sie.

Ich bin fast draußen. Wenn sie sich jetzt umdreht, sieht sie mich. Ich bin kurz davor, zu ihr hinzugehen. Wenn sie meinen Namen sagt, tue ich es. Sie ist noch im Halbschlaf, wahrscheinlich träumt sie. Ich umfasse den Türknauf und drehe ihn.

Als ich runterkomme, erhebt September sich vom Sofa. Sie hat Gliedmaßen lang wie Äste und ein breites Gesicht, ihre Knochen nehmen mehr Raum ein, als ich es in Erinnerung habe. Sie schneidet mir Brotscheiben ab, doch als ich ihr eine anbiete, rümpft sie die Nase. Dann schaltet sie den Fernseher ein und fläzt sich kopfüber aufs Sofa. Ich würde ihr gern von den Bildern erzählen, lasse es aber. In Mums Büchern ist September immer die Starke. Mit zehn bin ich von einem Minotaurus entführt worden, und sie hat mich aus dem Labyrinth befreit. Mit zwölf stürzte ich in einen Wassertank, und September musste mich herausholen, bevor das Wasser bis ganz oben stieg. Mit vierzehn las ich aus einem alten Buch die falschen Anweisungen vor, und September musste den Weltuntergang verhindern. Trotzdem war ich immer Teil der Bilder, wenn auch nur irgendwo am Rand.

Sie hat das Fernglas wieder herausgekramt und es sich

um den Hals gehängt. Ab und zu hält sie es sich vors Gesicht und schaut durch.

Gehen wir, sagt sie. Mir ist langweilig. Mir ist scheißlangweilig.

Wohin denn? Ich klinge quengelig.

Keine Ahnung. An den Strand.

Sie hat diesen Gesichtsausdruck, und ich traue mich nicht zu widersprechen. Wir ziehen Stiefel an. Nach der Kühle im Haus ist die Luft draußen heiß auf der Haut. Die Sonne hat die Wolken weggebrannt, der Boden ist brüchig, das Gras braun.

September geht schnell und zieht mich hinter sich her. Wir nehmen denselben Weg wie am Vortag. Ich weiß, was sich gleich vor uns auftun wird. Die Vogelbeobachtungshütte, das dunkle Gefälle unterhalb davon, das Gras, an manchen Stellen so hoch, dass es fast bis zu dem schmalen Fenster reicht, das sich wie ein Mund um die Wände zieht. Ich höre mich wimmern, aber September hält meine Hand eisern fest. Außer der Hütte sehe ich nichts, sie verdeckt den Horizont. Ich stelle mir das Innere vor, die von allen Seiten heranrückenden Wände, den feuchten Geruch, das Trommeln des Regens auf dem Dach, obwohl es gar nicht regnet.

Ich dachte, wir wollten zum Strand, sage ich.

Sei keine Spielverderberin.

Schon fällt der Schatten der Hütte auf uns. Meine Haut spannt am Rücken und im Nacken und zwischen den Fingern. September schlingt mir den Arm um die Taille und schleppt mich weiter, sodass meine Füße über den Boden schleifen. Wir stolpern die grün überwucherte Treppe hinauf.

Na los, komm schon.

An der Tür hängt ein Schild, das mir beim letzten Mal noch nicht aufgefallen ist. Die Hütte ist außer Betrieb, das

Betreten verboten. Mir krampft sich der Magen zusammen. September stürmt hinein. Am Boden liegen leere Bierdosen, Zigarettenkippen, eine Kondomverpackung. Es riecht nach modrigem, morschem Holz, nach Wurzeln und Pflanzen. Ich stütze die Hände auf die Knie, und das Schwindelgefühl breitet sich in mir aus, versickert, vergeht. September wirbelt durch die Hütte und tritt nach Dosen. Dann drückt sie mich auf eine Bank, nimmt das Fernglas, das um meinen Hals baumelt, obwohl ich mich gar nicht erinnere, es umgehängt zu haben, hält es mir vors Gesicht und richtet es auf das Fenster.

Was siehst du?

Als ich nicht antworte, stöhnt sie und nimmt mir das Fernglas weg.

Es ist Ebbe, sagt sie, ein paar Vögel suchen am Strand nach Würmern oder kleinen Krabben. Irgendwas Schwarzes taucht ins Wasser, ich glaube, es hat einen Fisch gefangen.

Mir wird schrecklich kalt. September sagt, deine Lippen sind ganz blau, sie nimmt meine Finger in den Mund und saugt daran, um sie aufzuwärmen, aber danach sind sie noch kälter. Irgendwas passiert. Der Strand wird kreideweiß. Ich stelle mir vor, wie unser Dad früher hergekommen ist und, dick eingemummelt, mit einer Thermoskanne und ein paar Sandwiches, stundenlang hier gesessen hat.

Die Dämmerung macht den Himmel zäh und cremig, kaffeefarben. Sie bringt einen Neuanfang. September saugt hörbar die Luft ein und beugt sich vor. Mir tun die Augen weh, schwankende Umrisse trüben mir die Sicht und tauchen alles in Dunkelheit.

Da ist was, sagt September. Sie hält mir das Fernglas vors Gesicht und zwingt mich durchzuschauen.

Die Vögel sind zwar winzig, aber sie haben sich zu einer

Masse geballt, steigen auf und stoßen nieder, schieben sich vor den Himmel. Jetzt stürzen sie herab, jetzt flattern sie in Wogen auf, dann tauchen sie ins dichte Schilf. Sogar hier drinnen höre ich ihren Flügelschlag. Ein neuer Schwarm erscheint, größer noch als der erste, verschwindet im Schilf, und schon nimmt ein dritter – aus einer anderen Richtung kommend – seinen Platz ein, rauscht schreiend über den verlöschenden Himmel, wallt auf, stürzt ins Gras und strebt wieder nach oben. Zwischen den Halmen bewegt sich etwas Schwarzes, Monströses, rast hin und her und macht einen schrecklichen Lärm. Dann begreife ich, es sind die Vögel, die zueinander hingezogen werden und wie ein einziges Tier aussehen, das auf der Suche nach einem Rastplatz durchs Schilf bricht.

Ich fühle heiße Tränen auf dem Gesicht. Stehe auf. Obwohl ich weiß, dass September in der Tür steht und mir nachschaut, drehe ich mich nicht um. Ich stolpere durch den Sand, falle fast hin. Es ist ein klarer Abend, trotzdem höre ich Regen, sehe die Sterne wie verkrusteten Schaum am Himmel, nicht weit weg ist das tosende Meer, hinter der Böschung taucht, verschränkten Armen gleich, das Dach des Hauses auf. Ich spüre den Sog, der von September ausgeht, sie ruft mich zurück. Das dröhnende Hämmern des nicht vergossenen Bluts in meinen Adern, die Haustür, die wie eine Erlösung vor mir liegt, die plötzliche Stille, als ich eintrete.

Im Halbschlaf warte ich, dass September heimkommt. Ich stelle mir vor, wie sie durch die Nacht irrt, durchs Schilf fegt wie eine aus unzähligen Körpern bestehende Gestalt, hin zu den Wellen, wo sie mit ihren tausend Köpfen und Flügeln im Sand wühlt. Ihr Gewicht auf dem Bett, ihre Hand, die mir übers Haar streicht.

Später, im Bad, stelle ich schlaftrunken fest, dass ich meine Tage bekommen habe. Ich versuche, einen Tampon aus der Hülle zu schälen, schaffe es nicht, nehme einen neuen. Das Blut am Klopapier ist anders als sonst. Es ist braun und zähflüssig, und meine Rippen sehen aus wie die Falten des Akkordeons, das mal jemand bei einer Schulveranstaltung gespielt hat. Als ich zum Spülen die Kette ziehe, bemerke ich etwas an meinem linken Unterarm, groß wie ein Pfundstück. Ich versuche, es wegzuwischen, lecke meinen Finger an, reibe. Es will sich nicht lösen. Die Haut ist faltig, grauweiß. Ich lasse Wasser darüberlaufen, aber auch das hilft nichts.

2 Mum sagt immer, dass wir zu alt sind, um noch Verstecken zu spielen, aber das ist uns egal. September ist wirklich gut darin. Während ich in der Küche warte und zähle, lausche ich dem Klang ihrer Schritte, aber weil sie wie immer hin und her läuft, kann ich am Ende nicht sagen, in welche Richtung sie verschwunden ist. Am liebsten spielt sie im Schnee Verstecken. Dann hinterlässt sie mir zwar eine Spur, aber manchmal bewegt sie sich darin rückwärts, um mich zu verwirren, oder sie macht mit den Händen falsche Abdrücke oder verwischt ihre Spuren ganz. Ich zähle bis hundert. Ich komme.

An den offensichtlichen Orten sehe ich zuerst nach. Hinter dem Sofa, in der Öffnung neben dem Kamin, im Bad, bei den Bücherregalen unter der Treppe. Da ist sie natürlich nirgends, dafür ist sie zu gut. Genauso wenig ist sie in der Speisekammer. Das Licht funktioniert noch immer nicht, trotzdem bleibe ich lange in der offenen Tür stehen, starre auf die Regale und horche.

Um September in die Irre zu führen, stapfe ich mehrmals die Treppe auf und ab. Unseren Regeln zufolge kann man das Versteck wechseln, so oft man will, und sich an eine Stelle schleichen, an der diejenige, die mit Suchen dran ist, schon nachgeschaut hat. September hat eine Vorliebe für enge Verstecke – so eng manchmal, dass sie Mühe hat hineinzukommen – wie unter dem Bett oder in einem Schrank. Ich gehe auf Zehenspitzen zum Schlafzimmer, schiebe vorsichtig, beinahe geräuschlos, die Tür auf. Wenn man den anderen überrascht, ist die Befriedigung größer. Auf dem Gang ertönt ein Geräusch, als würde eine Glasflasche über den Holzboden rollen, und ich renne hin, strecke die Arme aus: Hab dich! Nur dass sie nicht da ist. Nichts ist da.

Ich habe meine Position verraten, darum bewege ich mich jetzt schnell, geräuschvoll, trete übertrieben fest auf. Jemand hat unser Zimmer aufgeräumt. Da das weder September war noch ich, muss es Mum gewesen sein. Die Klamotten, die wir vor der Strandparty im ganzen Zimmer und auf dem oberen Bett verteilt hatten, liegen zusammengefaltet in ordentlichen Stapeln auf dem Boden, obenauf jeweils eine Strumpfhose und ein Set Unterwäsche, ein vollständiges Outfit. Als wären die Sachen gerade erst ausgezogen worden. Die Bettdecke im unteren Bett wölbt sich, wirkt höher als sonst. Ich öffne die Schranktür und lasse die Kleiderbügel klappern, um vorzutäuschen, dass ich zwischen den Kleidern nachsehe. Dann mache ich drei Sätze zum Bett und rudere mit den Armen, damit ich nicht aus dem Gleichgewicht komme.

Ich meine, Fußsohlen unter der Decke hervorlugen zu sehen. Reiße die Decke weg, ein Aha auf den Lippen, beinahe schon aus dem Mund, doch ich schlucke es hinunter. Das Bett ist leer. Ich klettere eine Etage höher, aber auch im oberen Bett ist niemand.

Ich schleudere die Decke auf den Boden und trete hinaus in den Gang. Ich habe Angst, und einen Augenblick lang – nicht mal einen ganzen Augenblick – stelle ich mir vor, dass mein Körper der von September ist, ich verkeile die Beine zwischen den Wänden, stemme die Hände in die Hüften und lausche. Ein lautes Haus. Es knarzt und pfeift, Boilergeräusche, irgendwo tropft Wasser, das Scheppern der Badezimmerlüftung. Ich öffne die Tür zum Abstellraum, gehe hinein, mache die Tür hinter mir zu und kauere mich auf den Boden.

Versehentlich streife ich den heißen Boiler, und mein Fuß knallt gegen die Wand, die nachgibt und mir entgegenkippt: eine Wand, die keine ist. Ich schaue in das Loch. Zwischen der inneren und der äußeren Hauswand verläuft ein Hohlraum, ein schmaler Gang, gerade breit genug, dass ich hineinpasse. Das perfekte Versteck. Ganz schön schlau. Ich werde jetzt nicht kneifen. Ich werde September finden, sie wird stolz auf mich sein.

Ich klettere in den Zwischenraum, setze das herausgefallene Brett wieder ein, richte mich auf und schiebe mich vorwärts, die Ellbogen angewinkelt, die Hand vor den Mund gepresst, um das Husten zu unterdrücken. Ich sehe – denn aus der Abstellkammer hinter mir und scheinbar auch durch die Wände fällt Licht – Fußabdrücke auf dem schmutzigen Boden, klar umrissen, jede Zehe deutlich zu erkennen: eine Fährte. Ich steige in die Spuren, fülle sie genau aus. Zugleich horche ich, und tatsächlich scheint sich weiter vorn etwas zu bewegen, hinter der Biegung der Wand hält jemand die Luft an, verkneift sich das Lachen. Ich denke, wie sehr ich sie doch liebe, halte mir beide Hände vor den Mund, um nicht selbst zu lachen, gehe schneller und verwische dabei die Spuren.

Direkt vor mir liegt etwas auf dem Boden, und ich bücke mich danach. Es sind tote Ameisen, alt und vertrocknet. Ich stecke sie in die Tasche.

Ein Donnern. Ich richte mich auf. Schnell näher kommende Schritte, gleich biegt sie um die Ecke. Ich strecke die Arme aus, schließe die Augen und pfeife eine aufsteigende Tonleiter, wie sie es tun würde, einen Willkommensgruß. Ich komme gar nicht auf die Idee, mich zu fürchten, jetzt nicht, nicht in diesem Augenblick. Stille. Ich mache die Augen auf. Keiner da. Ich winde mich um die Ecke und schaue in den nächsten Hohlraum, doch er ist leer. Und auf dem Boden sehe ich nicht mal mehr Fußspuren. Jetzt bekomme ich es mit der Angst zu tun, stolpere vorwärts, schiebe die Trennwand weg und quetsche mich hinaus, ganz Ellbogen und Knie, durch und durch Juli, keine Spur von Septembers steintrotzender Unerschrockenheit.

September steht, die Hände in die Hüften gestützt, im Gang und beobachtet mich. Ich schaue nach, ob ihre Füße schmutzig sind, aber die schwarzen Socken sind sauber.

Du bist echt schlecht in diesem Spiel, sagt sie. Wollen wir fernsehen?

Wir lümmeln uns aufs Sofa, und Septembers heißer, leicht metallischer Atem streift mein Gesicht. Ich berühre ihre Finger und ihre Schulter, streiche ihr über die Wange. Sie rutscht von mir weg und brummelt etwas in Richtung Fernseher. Es läuft eine Naturdoku, die wir schon so oft gesehen haben, dass ich mit geschlossenen Augen den Erzählertext mitsprechen könnte. Ich richte mich auf.

Wie hast du das gemacht hinter der Wand?, frage ich.

Hm?

Hörst du mir zu?

Sie nickt.

Wie bist du so schnell aus der Wand rausgekommen?

Sie hebt den Kopf und schaut mich an. Ihre Augen sind zusammengekniffen, ihre Pupillen zwei schmale Streifen. Aus der Wand rausgekommen? Red keinen Quatsch, Juli.

Du weißt, was ich meine. Durch das lockere Brett in der Abstellkammer. Da hast du dich doch versteckt.

Nein, hab ich nicht.

Doch, hast du. Ich hab dich gehört, aber dann warst du weg. Ich hatte Angst.

Sie blinzelt mich an. Der Fernseher verwandelt ihre Haut in ein Sumpfgebiet. Sie leckt sich über die Lippen. Ich hab mich aber nicht dort versteckt, Juli-Käfer. Du hast mich gefunden, schon vergessen? Ich war im Bett. Nicht sehr originell. Das ist kein gutes Haus zum Versteckenspielen. Vielleicht gehen wir ja nächstes Mal in die Dünen.

Ich schaue sie an, und sie erwidert meinen Blick. Unverwandt. Ich merke, dass ein Streit im Anzug ist, ihre Trotzfalte verrät mir, dass sie nicht nachgeben wird, dass ich es tun muss. Ich war nie eine gute Lügnerin, aber von September kann man das nicht behaupten. Als wir klein waren, musste ich ihr öfter mal versprechen, etwas für mich zu behalten, aber ich habe mich jedes Mal verplappert. Habt ihr das Kleingeld von der Kommode genommen?, fragte Mum. Habt ihr die Klopapierrolle angezündet? Habt ihr das Ende der Wäscheleine eingegraben? Ich sagte Nein, aber an meinem Hals bildeten sich heiß-rote Flecken, und ich fing an zu stottern. Einmal nahm eine Lehrerin mich beiseite und fragte: Zwingt September dich manchmal, Dinge zu tun, die du nicht tun willst? Und ich antwortete nein nein nein nein, aber unter dem Nein lag ein Vielleicht, an das ich nur bei Gelegenheiten wie dieser denke.

Stimmt, du hast recht. Ich habe geträumt und bin durcheinandergekommen.

Sie lächelt, dann dreht sie meinen Kopf so, dass sie meine Haare zu nach allen Seiten hin abstehenden Büscheln knoten kann.

September geht ins Bett, aber ich kann nicht schlafen. Nachts ist das Haus anders. Ich schalte kein Licht an und remple immer wieder gegen Wände oder Möbel. Nichts – da bin ich mir sicher – ist da, wo es tagsüber ist. Langsam gewöhnen sich meine Augen an die Dunkelheit, und ich erkenne Umrisse. Da ist das Sofa, da sind die Bücherregale, und da die Tür in die Speisekammer oder die Küche.

So schnell ich kann, trinke ich vier Gläser Wasser. Dann durchsuche ich die Taschen der Mäntel, die an der Garderobe hängen, und finde drei Knöpfe, eine Handvoll Münzen, zusammengeknüllte Taschentücher, Hundekekse. Diese Gegenstände ordne ich auf dem Boden zu konzentrischen Kreisen an, und dann räume ich sie der Größe nach in den Kühlschrank, von groß nach klein. Im Schein des Kühlschranklichts tauchen Teile der Küche auf, düster und schemenhaft, und mehrmals meine ich zu sehen, dass sich in den weniger beleuchteten Winkeln etwas bewegt. Meine Augen tun weh, und ich mache die Kühlschranktür zu und krieche rücklings über den Boden, Gesicht zur Decke, Ellbogen nach hinten abgewinkelt wie ein Krebs. Schließlich lehne ich mich an die Wand, strecke die Beine nach oben und verharre kopfüber, bis ich nicht mehr kann, bis mir sämtliches Blut in den Kopf fließt.

Ich gehe ins Bad. Während wir weg waren, hat Mum geputzt, und es riecht nach Reinigungsmittel. Trotzdem sind die Ecken schmuddelig und die Wasserhähne vorn von Kalkablagerungen verkrustet, drahtiges Gekräusel verstopft den Abfluss der Badewanne. Ich ziehe die Klospülung und stelle mich vor den Spiegel. Schaue mich an und warte, dass etwas passiert, bis sich tatsächlich, langsam, etwas tut. Ich sehe September ähnlicher als je zuvor. Die Form meines Gesichts entspricht der Form ihres Gesichts, meine Augen sind hell und schmal, ihr Ausdruck gleicht dem, den Septembers Augen so oft haben. Sie blickt mir aus meiner Hülle entgegen wie ein Einbrecher, der auf frischer Tat ertappt wurde. Im Spiegel sehe ich, dass das Mal an meinem Arm größer geworden ist und vom Handgelenk fast bis zur Armbeuge reicht. September trägt mich wie einen Mantel.

Ich gehe in die Küche und wühle in der Schublade. Der Wind rüttelt am Fenster, und ich finde das richtige, eins mit einer schmalen Spitze.

Zurück ins Bad. Das Mal ist schrumpelig, die Haut zerknittert wie ein schief aufgeklebtes Heftpflaster. Ich messe es mit dem Daumen ab. Dann setze ich das Messer an und bohre es in die Stelle an meinem Unterarm. Ein Stück Haut löst sich ab. In meinen Ohren klingelt es. Ich heble ein weiteres Stück hoch, schiebe das Messer tiefer, die Haut darunter ist weich wie geronnene Milch, eine ganze Platte fängt an, sich zu lösen, klebrig, haftet noch am Fleisch, das gelblich ist, eklig, stinkend, die Oberfläche verunstaltet von Linien und weichen Stellen, hier und da weiß. Mit der Haut lösen sich auch die Haare. Es tut nicht weh und dann doch. Ich höre jemanden schreien, jemand schreit: Was machst du da? September, was ...

3 Am nächsten Morgen präsentiert September mir Farbe und Pinsel und erklärt, wir würden das Wohnzimmer streichen. Die Idee scheint ihr zu gefallen, sie ist voller Energie. Sie stellt Musik an und tanzt mit hochgereckten Armen und kreisenden Hüften. Ich tanze auch, aber sie lacht mich aus und sagt, ich sehe aus wie ein alter Vater, der sich am Macarena versucht. Also lasse ich es.

Na gut, sage ich. Dann räume ich eben allein die Möbel weg. Aber eigentlich macht mir das nichts aus.

Ich zerre das Sofa in die Mitte des Zimmers, ziehe den Fernseher weg von der Wand und verschiebe die leeren Regale. Hinter den Möbeln pellt sich die Farbe von den Wänden, und der Putz bröckelt. Einen Großteil bekommen wir mit Löffeln und Tapetenentferner ab. September bindet mir einen Schal vors Gesicht, damit ich nicht alles einatme, trotzdem muss ich oft unterbrechen und ins Bad gehen, wo ich staubigen Schleim aushuste. Die Eimer enthalten eine merkwürdige Auswahl an Farben, von denen keine so richtig passt.

Mum mag kein Rot, sagt September.

Mag sie schon, denk doch mal an das Kleid.

Das hat sie aber nur das eine Mal angehabt.

Na gut. Blau mag sie jedenfalls bestimmt nicht.

Weißt du doch gar nicht.

Doch.

Am Ende holen wir einen Topf aus der Küche und mischen mehrere Farben zusammen in der Hoffnung, dass sie Lila ergeben, was beinahe gelingt. Wir machen Pause, und ich esse etwas Brot und von dem Käse, den Mum wohl draußen vergessen hat. Ich versuche, September dazu zu bringen, dass sie auch etwas isst. Dazu lasse ich das Brot in der Luft kreisen wie ein Flugzeug und bewege es auf ihren Mund zu. Aber sie rümpft bloß die Nase und sieht mich böse an, bis ich aufgebe.

In der Nacht habe ich mir einen Verband um den Arm gewickelt und ihn an den Rändern mit Heftpflaster befestigt. Ich warte darauf, dass September fragt, was passiert ist, aber falls sie den Verband sieht, kommentiert sie ihn nicht. Ich gehe ins Bad und lasse das Wasser laufen, damit September denkt, ich pinkle. Dann suche ich meinen Körper nach weiteren Malen ab, nach komischen Stellen und Dingen, die vorher noch nicht da waren. Ich schiebe den Verband zur Seite und rechne damit, den aufgeweichten Schorf zu sehen, das nicht verheilte Fleisch, aber stattdessen ist das Mal größer geworden und sieht schlimmer aus denn je, die Haut ist aufgequollen und schält sich. Außerdem entdecke ich einen neuen Fleck, oben am Oberschenkel, noch größer als der erste. Ich schiebe die Hose runter und befingere die Stelle. Die Haut ist trocken wie Backpapier und rau, sie wirft Blasen wie die komische Tapete in unserem alten Haus in Oxford. Ich drücke daran herum, versuche, die Farbe herauszuquetschen, als wäre es ein Pickel, aber das Mal bleibt unverändert. Ich umfasse beide Oberschenkel, so gut ich kann, und bin überzeugt, dass ich über Nacht wieder geschrumpft bin. Dann ruft September nach mir, sagt nach jedem Wort Scheiße, also ziehe ich die Hose hoch und kehre ins Wohnzimmer zurück.

Na gut, sagt sie, gehen wir's an.

Wir laden Farbe auf die Pinsel und bringen sie auf die

Wand, indem wir die Arme rhythmisch auf und ab bewegen und so viel Fläche wie möglich bedecken. Ganz erfolgreich sind wir dabei nicht. Der lose Putz bleibt – klumpenweise – an den Pinseln hängen, und die Farbe füllt zwar die Löcher, ist aber uneben, rau und rissig. Nichtsdestotrotz machen wir weiter, denn zum Aufgeben ist es zu spät. Ich male mir aus Versehen ins Gesicht und komme mir blöd vor, habe Farbe im Mund und in der Nase. Um mich aufzumuntern, macht September es mir nach und fährt sich mit dem Pinsel durch die Haare und über die Augenlider.

Ich betrachte die Wände. Das wird ihr gefallen, sage ich. Bestimmt.

Langsam arbeiten wir uns voran. Es ist anstrengender als gedacht, mir tun die Arme weh, und meine Lunge brennt. Als ich mich zum Verschnaufen aufs Sofa lege, bekleckere ich die Kissen mit Farbe. September macht solange ohne mich weiter, klatscht Farbe gegen die Wände und verschmiert sie mit den Händen.

Die Zeit benimmt sich komisch, läuft rückwärts und vorwärts, dass mir ganz schwindelig wird. Als ich den Kopf hebe, sehe ich, dass wir bis auf einen schmalen Streifen kaum etwas von der Wand gestrichen haben; als ich wieder an die Oberfläche komme, ist die ganze Wand fertig und September verschwindet im Badezimmer und macht die Tür hinter sich zu, und die Zeit läuft so langsam, dass Stunden, vielleicht sogar Tage vergehen, während ich zusehe, wie ihr Gesicht in dem schmaler werdenden Spalt verschwindet, da, da, fast weg, weg. Als ich zu mir komme, arbeitet September schnell vor sich hin und hastet mit zuckendem Pinsel die Wand entlang. Die Farbe auf meiner Haut ist zu einer schmerzhaften Kruste getrocknet.

Ich habe Hunger, sage ich, und September hält inne und

sucht mir ein Hefebrötchen, das sie toastet und mit Butter bestreicht. Während ich es hinunterschlinge, giere ich schon nach dem nächsten.

Wir schließen den Erstanstrich ab und beginnen unverzüglich mit dem zweiten.

Vielleicht hätten wir warten sollen, bis alles getrocknet ist, sage ich zehn Minuten später, aber September knurrt nur und macht weiter.

Die Farbe ist zähflüssig, und die Pinsel sind verklebt. Wir schuften ohne Pause und sind erst fertig, als es draußen dunkel wird. Die Muskeln in meinen Armen zittern.

Als ich mich umsehe, sind die Lampen an und September ist verschwunden. Mein Schatten hat sich mit mir durchs Zimmer bewegt und befindet sich fast in einer Linie mit mir, als würde er meine Füße in den Händen halten. Die Wände sind dunkellila. Ich mache den Mund auf, um nach September zu rufen, und schließe ihn wieder. Jaul nicht nach mir, würde sie sagen, ich komme, wann ich will. Das Zimmer wirkt kleiner als vorher, als hätten wir uns ins Innere einer Höhle gemalt.

Neben dem Fenster ist eine Stelle, die besonders feucht und leicht eingedellt aussieht. Ich trete näher, strecke die Hand aus und berühre die Wand mit dem Zeigefinger. Sie gibt nach, mein Finger durchdringt die weiche Masse, bis er in die kalte Leere dahinter ragt. Ich ziehe ihn zurück. Aus dem Innern der Wand kommt ein Geräusch, ein Glucksen und Säuseln, Bewegung, das Flattern Tausender Flügel. Ich lege mein Ohr an das Loch und lausche. Es ist ein Geräusch, wie es die Vögel gemacht haben, als sie vom Himmel herabstießen und durchs Schilf rauschten.

Etwas zwickt mich in die Wange. Ich schlage danach. Eine Ameise. Ich starre sie an und dann die Wand. Ein ganzer Strom Ameisen ergießt sich daraus. Sie bleiben an der Farbe kleben und können nicht weiter, krümmen sich, versuchen, von der Stelle zu kommen und sich zu befreien. Es folgen weitere, klettern über die gefangenen Tiere hinweg, benutzen sie, um vorwärtszukommen. Es sind viele, zu viele, als dass ich sie zählen könnte. Sie stürzen in einem Schwall heraus, und die Wand gibt nach, das Loch weitet sich unter ihren kleinen, festen Körpern. In der Mauer schreit etwas. Etwas wuselt hinter der Öffnung, dann schiebt sich ein Schnabel heraus und hackt nach dem Verputz. Der kleine schwarze Körper schiebt sich nach draußen, aber die Flügel sind hinter ihm gefangen. Ich berühre ihn, spüre die summende, vibrierende Wärme der Federn, den rasenden Puls.

Die Ameisen krabbeln über den Vogel, vergraben sich in ihm, bedecken ihn, wühlen sich zwischen seine Daunen, und ich mache den Mund auf und schreie und schreie.

Es ist sehr spät und sehr dunkel, ich bin in unserem Zimmer, dabei weiß ich gar nicht, wie ich hierhergekommen bin. Ich liege auf dem Rücken, und September hockt auf mir, die Knie links und rechts von mir, die Stirn dicht an meiner. Ihre Augen sind zu. Als ich mich leicht bewege, presst sie die Beine gegen meinen Oberkörper, drückt die Hände auf meine Brust, bohrt mir die Finger ins Fleisch. Ich mache den Mund auf, um sie anzuschreien, da holt sie tief Luft und saugt alles, was ich sagen wollte, in sich ein.

Was für ein Traum, denke ich, was für ein Traum, und dann ist es Morgen, und ich stehe an der Stelle, wo ich den Finger durch die Wand gesteckt habe. Kann es sein, frage ich mich, dass ich die ganze Nacht hier gestanden habe? Da ist gar kein Loch. Prüfend streiche ich über die Mauer. Die Farbe ist zu hässlichen Kügelchen und Rinnsalen getrocknet, aber die Wand ist fest.

4 In den Nächten ist das Ruhehaus voller Geräusche, wenn ich schlafe, fühlt es sich an, als wäre mein Kopf unter einem Stapel Decken begraben, die langen, nicht enden wollenden Tage, die alle in Dunkelheit übergehen, erschöpfen mich. Ich erwache hustend, muss oben an der Treppe innehalten, um zu Atem zu kommen. Mir ist übel, bis ich etwas esse, und wenn ich esse, stopfe ich verzweifelt in mich hinein, was ich nur finden kann. Zwei Wochen im Ruhehaus. Zwei Wochen in dem Haus, in dem September geboren wurde und in dem immerhin sie sich zu Hause zu fühlen scheint; wo sie manchmal erstarrt, als lausche sie Worten, die nur sie hört, aus dem sie manchmal verschwindet, ohne mir etwas zu sagen, und in das sie erst Stunden später mit strahlenden Augen und einem schiefen Grinsen zurückkehrt. Manchmal taucht aus der Müdigkeit und dem Hunger ein Gedanke auf, kaum da, beinahe verschüttet: An dem Tag auf dem Tennisplatz ist etwas passiert. Es ist etwas passiert, an das wir uns nicht erinnern.

Das Ruhehaus hat schwer zu tragen. Und zwar: Mums unendliche Traurigkeit, Septembers unberechenbare Wut, mein stilles Scheitern daran, den Ansprüchen, die alle an mich haben, gerecht zu werden, die Jahreszeiten, den Tod kleiner Tiere im umliegenden Buschland, jedes Wort, das wir einander aus Liebe oder Zorn sagen.

Ich erinnere mich nicht an den Tennisplatz, aber an etwas anderes. Wir sind elf und zehn und spielen im dunklen Ruhehaus September sagt. Draußen ist es hell, aber wir haben die Vorhänge zugezogen und die Lampen mit Strickjacken verhängt, sodass das Licht eingefärbt wird, blau und grün, ein orangefarbener Klecks neben dem Fenster. Mum ist runtergekommen und hat zum Abendessen Pizza gemacht, es riecht immer noch nach verbranntem Teig. September hat einen Streit mit ihr vom Zaun gebrochen, woraufhin Mum sich wieder nach oben verzogen hat. Septembers Augen sind zu Schlitzen zusammengekniffen. Ich tue alles, um sie zu besänftigen.

September sagt, geh wie ein Roboter.

Ich bewege mich ruckartig, winkle die Arme steif ab, September klatscht.

September sagt, küss deine Hand.

Ich halte mir die Hand vor den Mund, lecke meine Finger und presse die Lippen gegen die Handfläche, bis September lacht, woraufhin mich eine Welle der Zufriedenheit durchflutet.

Rühr dich, sagt sie, und ich erstarre. Zünde dich an. Ich halte still. Brich dir den Arm. Ich bewege mich nicht. Schrei so lange, bis du nichts mehr siehst. Ich blinzle nicht mal.

September sagt, tanz Flamenco, sagt sie, und ich stolziere, mit den Füßen nach hinten ausschlagend, durchs Zimmer, verdrehe die Hände und werfe meinen Zopf von Seite zu Seite.

September sagt, iss die ganze Mayonnaise auf, sagt sie, und ich stöhne, hole aber trotzdem das Glas aus dem Kühlschrank, nehme mir einen Teelöffel und setze mich aufs Sofa. September beobachtet mich, gelegentlich hilft sie mir mit ein, zwei Löffeln, und wenn ich kurz davor bin, aufzugeben, spornt sie mich an. Obwohl ich schon Bauchschmerzen habe, leere ich das Glas und halte es mir anschließend unter Septembers Jubeln über den Kopf. Wir hören, wie Mum die Treppe runterkommt, und rennen ins Badezimmer. Ich lege das Ohr an die Tür und lausche, ob sie wieder nach oben geht, aber den Geräuschen nach zu urteilen, ist sie in der Küche.

September sagt, halt deine Hand eine Minute lang unter heißes Wasser, sagt sie hinter mir. Ich drehe mich um, will mich vergewissern, ob das ihr Ernst ist, aber sie betrachtet ihr Gesicht im Spiegel, kneift sich in die Wangen und klopft auf ihr Dekolleté. Ich drehe das warme Wasser auf und halte die Hand in den Strahl, dabei zähle ich laut mit. Ich sehe, wie September den Blick senkt, um sicherzugehen, dass ich es auch richtig mache. Es dauert, bis das Wasser warm ist, aber am Ende der Minute ist es richtig heiß. Meine Hand ist rot. September nimmt meine Finger in den Mund und tätschelt mir den Kopf, dann stemmt sie sich hoch und setzt sich auf den Waschbeckenrand. Ich suche nach einem Grund, das Spiel zu beenden, nach einem Ausweg, aber sie kommt mir zuvor.

September sagt, halt eine Minute die Luft an, sagt sie und zählt die Sekunden für mich, während ich die Backen aufplustere und die Augen zusammenkneife.

September sagt, knall mir eine, sagt sie, und ich hole aus und patsche sanft gegen ihr Gesicht, sodass es fast kein Geräusch gibt. Sie schaut angewidert. Ein Leben weniger. September sagt, hau mir eine runter! Und ich hole aus und klatsche ihr eine, dass ihre Wange rot anläuft, während September aufheult und dann kichert, bis ich ebenfalls lachen muss und fast nicht höre, was sie als Nächstes sagt.

Was?

Sie sieht mich an, während sie es wiederholt.

September sagt, schneide dich hier. Dabei zeigt sie unten auf ihren Hals. September sagt, wenn du es nicht gleich machst, verlierst du das Spiel. September sagt, mach schnell. Kurz denke ich, dass ich es nicht tun werde, aber dann weiß ich, dass doch. Die Luft ist aus Beton. Irgendwo poltert Mum herum, aber sie wird nicht rechtzeitig hier sein. So weit ist das Spiel noch nie gegangen, obwohl es immer kurz davor stand: September sagt, schluck diese kleine Batterie, leg dich auf die Straße, wenn die Ampel rot ist.

Ich öffne den Spiegelschrank, den ich gerade so erreiche, und hole die Rasierklingen heraus, mit denen Mum sich die Beine rasiert. Um die Kanten kräuseln sich dunkle Haare. Ich nehme eine Klinge aus der Packung und ziehe sie schnell oben über meine Brust. Nichts passiert. Ich mache es noch mal, seitlich diesmal, und der Schmerz kommt scharf und schnell, ich spüre die warme Flüssigkeit und stoße einen Ton aus, der wohl nach draußen und bis in die Küche dringt, denn plötzlich ist Mum da, begreift, streckt die Hand nach mir aus, und vielleicht werde ich es ihr diesmal doch erzählen, und zwischen September und mir wird etwas in die Brüche gehen, und es wird nie wieder so sein, wie es einmal war. Aber sie veranstaltet so einen Riesenwirbel, stellt zehn Fragen die Minute und zerrt Verbandsrollen aus dem Schrank, dass ich es ihr nicht erzähle. September hält mich fest, und ich erzähle es nicht.

Die Tage sind von Blut gesäumt, mit roter Nadel vernäht: das Blut an jenem Tag im Badezimmer, das Blut am Strand, das Blut im Schwimmbecken. Ich ziepe an dem Mal an meinem Arm, will wissen, was darunter ist, doch es gibt nicht nach. Heute habe ich am Bauch eine Stelle, die aussieht, wie mit Zuckerguss überzogen. Ich überlege, sie September zu zeigen, doch die hat wieder schlechte Laune, stapft umher, verschiebt Möbel und verstellt die Uhr, sodass sie die falsche Zeit anzeigt. Keine Spur mehr von der Zielstrebigkeit, mit der wir gestern die Wände gestrichen haben. Ich hefte mich an ihre Fersen, steige ihr in die Hacken und werfe sie fast um. Hör auf, zischt sie. Lass mich in Ruhe.

Ich gehe auf Abstand, aber nicht richtig. Ihr Zorn ist wie die Gezeiten, er reißt mich mit sich. Ihre Haare sind ungewaschen, Schmutzklumpen im Blond, ihre Schultern sind bedeckt von etwas, das verkohltes Papier sein könnte. Es ist heiß, das Haus träge. Im Gefrierfach finde ich Eis am Stiel, das Mum gekauft haben muss. Ich nehme zwei aus der Verpackung und halte eines September hin, doch die schaut mich nur an, als hätte ich sie nicht alle. Ich lutsche meines, und es lindert das Jucken.

Schmeckt echt gut, sage ich, doch sie schlägt mir das Eis, das ich ihr angeboten habe, aus der Hand, sodass es zu Boden fällt und auf den Fliesen schmilzt.

Ich packe meinen Stiel so fest, dass er mir in die Haut schneidet, und denke an die komischen Sachen, die meine Haut macht, dass sie überall rau wird und dass ich, wenn es so weitergeht, irgendwann komplett versteinert sein werde.

Geht's dir nicht gut?, frage ich. Ihre Augen leuchten so hell, dass es beinahe wehtut, ihrem Blick zu begegnen. September?

Ich wusste das mit dem Foto, sagt sie, und ihr Gesichtsausdruck verrät, dass sie mir wehtun will und alles sagen würde, um dieses Ziel zu erreichen. Ich musste das Handy gar nicht sehen, ich wusste auch so, was du tust. Ich habe die Nachrichten gelesen, die er dir geschickt hat. Ich wusste, dass sie nicht von ihm waren. Natürlich waren sie nicht von ihm. Dummer Juli-Käfer.

Geschmolzenes Eis läuft mir über die Hand, so kalt, dass ich erschrecke. Sie scheint mich gar nicht anzuschauen, sondern durch mich hindurch und zur Tür hinter mir.

Es hätte dich erwischen sollen, sagt sie, und bevor ich etwas erwidern kann, rüttelt jemand am Briefkasten und trommelt mit den Fäusten gegen die Tür. Etwas bewegt sich stolpernd über die gekieste Einfahrt und stößt gegen die kaputten Blumentöpfe. Durchs Fenster fällt ein Schatten auf den schmutzigen Teppich. Ich kauere mich neben September auf den Boden.

Wer auch immer das ist, er drückt das Gesicht gegen das staubige Fenster und schirmt es mit den Händen ab, um besser hereinschauen zu können. Eine Stimme sagt meinen Namen, und mein Blick geht zu September, doch sie ist weg, hat sich nach oben verflüchtigt. Ich kann halbwegs erkennen, wer das ist, die roten Haare, die merkwürdig gekrümmten Schultern.

Ich gehe zur Tür. Irgendwo im Haus stößt September ein warnendes Pfeifen aus, aber sie kommt nicht, um mich am Aufmachen zu hindern.

Etwas verlegen steht John da, mit bloßen Armen. Hallo, sagt er, ich dachte, ich schaue mal vorbei.

Er sieht ganz anders aus, als ich ihn in Erinnerung hatte. Ich versuche mir ins Gedächtnis zu rufen, wie es war, beinahe mit ihm zu schlafen, aber im Nachhinein kommt mir das absolut unwirklich vor. Er grinst übers ganze Gesicht.

Ich wollte dich einfach sehen, sagt er. Ich hab was mitgebracht. Er hält eine Flasche hoch. Willst du?

Sein Körper ist irritierend wie ein blinkendes Straßenschild, und ich habe vergessen, was man mit anderen Leuten redet. Ich wünschte, September würde kommen und für mich übernehmen. Sie wäre abweisend, oder sie würde beschließen, dass sein Besuch gut ist, wäre nett zu ihm und wüsste genau, was man redet. Einerseits wünsche ich es mir, und gleichzeitig hoffe ich, dass sie nicht kommt.

Ist deine Mum da?, fragt er. Er war in der Sonne, seine blasse Haut ist verbrannt und schält sich am Hals. Unter seinen Armen haben sich Schweißringe gebildet.

Meine Schwester ist oben. September ist oben.

Ich warte, wie er auf diese Information reagiert, aber sie scheint ihn gar nicht zu interessieren, stattdessen setzt er die Flasche an und trinkt. Ich höre, wie September oben auf und ab geht, von einem Zimmer ins nächste, wie Mum in Oxford nach dem Streit in der Schule.

September ist da, wiederhole ich.

Okay, sagt er und schaut mich mit großen Augen an.

Soll ich sie holen?

Keine Antwort.

Er kommt ins Haus und sieht sich um, kommentiert Sachen wie die Deckenbalken oder die Größe und Form der Fenster. Wir setzen uns aufs Sofa und trinken aus der Flasche. Er redet unbefangen und schnell, sodass ich nicht viel sagen muss. Er erzählt von seinen Brüdern, die älter sind als er und alle ihre Autos zu Schrott fahren, und von ein paar Mädchen in der Schule, mit denen er was hat, aber nichts Ernstes, nur ab und zu mal. Als er das mit den Mädchen sagt, schaut er mich von der Seite an, wahrscheinlich will er wissen, was September davon hält, dass er sich mit anderen Mädchen trifft. Wieder komme ich mir blöd vor und hoffe, dass sie runterkommt, und ich bin wütend auf sie und ihn. Ich nehme die Flasche und trinke, es brennt ein bisschen in der Kehle, und ich muss husten. Als ich absetze, liegt seine Hand auf meinem Knie.

Meine Schwester ist nicht hier, sage ich. Sie ist oben.

Gut.

Er schiebt sein Gesicht nah an meines, wie er es auch am Strand getan hat, und sein Mund berührt meine Wange. Seine Hand liegt auf meinem Knie, und ich bin verunsichert, denn September ist oben und nicht hier, aber ich habe ihn vor ihr gemocht, diesen seltsamen, rothäuptigen Jungen. Ich mochte ihn zuerst, und außerdem hat sie das mit dem Foto gewusst und mich nicht davon abgehalten. Ich mache das jetzt, denke ich. Und ich weiß, dass ich es tue, um sie zu verletzen, so wie sie manches tut, um mich zu verletzen. Und dann fällt mir wieder ein, dass mein Gesicht im Spiegel fast ausgesehen hat wie ihres.

Ich lege meinerseits die Hand auf sein Knie, was er offenbar als Aufforderung versteht, denn er bedeckt meinen Mund mit seinem, sodass ich seinen Atem schmecke – die Zigarette, die er auf dem Weg hierher geraucht haben muss, den Speck, den er zum Frühstück gegessen hat –, und ich frage mich, ob September das Gleiche geschmeckt hat. Wir küssen uns eine Weile, aber er scheint entweder unfähig oder nicht bereit weiterzugehen, oder er ist einfach zu nervös. Ich denke an das indirekte Erlebnis vom letzten Mal und greife nach ihm. Es ist, als würde ich einer Karte folgen. Er leitet mich mit seinen Geräuschen, die ich abstoßend und peinlich finde, zugleich aber auch hilfreich. Er bewegt sich schnell auf eine Art Schlusspunkt zu, was mich irritiert. Ich hätte gedacht, dass es besser ist, sich Zeit zu lassen, aber mir fällt ein, dass es am Strand genauso war, zum Schluss hin hektisch. Beim ersten Mal hat es sich geschichtsträchtig angefühlt, dabei war ich eigentlich gar nicht daran beteiligt. Diesmal fühlt es sich nach gar nichts an.

Das war wieder genauso gut, sagt er, als es vorbei ist. Er hat mir einen Arm um die Schultern gelegt, sodass mein

Kopf unbequem aufliegt. Ich spüre, wie er langsam in sich zusammenfällt. Das war genauso gut wie beim letzten Mal. Er wirkt überrascht und zufrieden, es ist seltsam, dass er uns miteinander vergleicht. Auch wenn ich nicht weiß, ob ich genug weiß, um das zu beurteilen, erscheint es mir falsch, Schwestern miteinander zu vergleichen. Letztes Mal warst du genauso gut, sagt er, und mir wird klar, dass er uns verwechselt. Wir sehen uns zwar überhaupt nicht ähnlich, aber er verwechselt uns.

Ich halte ganz still aus Angst, dass er seinen Fehler bemerkt und wütend wird, als hätte ich irgendwie zu der Täuschung beigetragen. Er kippt den restlichen Inhalt der Flasche hinunter und erzählt weiter von seiner Familie und ihrem Bauernhof, mit dem er nichts mehr zu tun haben will, wenn er erwachsen ist.

Ich registriere eine Veränderung im Haus. Eine Anspannung; als würde ein Rachen sich nach und nach so verengen, dass keine Luft mehr durchkommt. John scheint nichts zu merken, er redet weiter und streichelt mich manchmal sanft. Die Fenster erzittern, und ich fühle, wie die Wände näher kommen. Es riecht nach verbranntem Gummi und einem langen Regenschauer, der in abgestandenen Pfützen vor sich hin modert. Johns Haare knistern elektrisch, meine ebenfalls.

Als er mich ansieht, ist irgendwas anders, und mir wird klar, dass er Angst hat. Sich räuspernd rutscht er ans andere Ende des Sofas, wo er mechanisch ein Bein über das Knie des anderen legt. Weil ich nicht weiß, was ich tun soll, setze ich mich neben dem Kamin auf den Boden. Er redet und redet und faselt was von seiner Familie, ihren Autos und den Hunden. Über unseren Köpfen poltert September herum. Ich spüre ihre Wut bis hierher; die Hitze, die davon ausgeht, sammelt sich am oberen Ende meiner Wirbelsäule. John hört nicht auf zu reden, er ballt die Hände im Schoß zu Fäusten und öffnet sie wieder. Was er erzählt, interessiert mich nicht. Ich denke an den Tag in der Schule. Es ist, als hätte alles dahin geführt, dass ich daran denke. Plötzlich ist es oben ruhig. Als ich zur Treppe blicke, kauert September auf der obersten Stufe und schaut durchs Geländer zu uns herunter.

Meine Schwester ist da, sage ich.

John bricht ab, sieht erst mich an und lässt dann den Blick durchs Zimmer schweifen. Ist gut, sagt er. Du kannst sie mir ja vorstellen. Wenn du willst. Er wirkt kleinlaut, als wäre er geschrumpft. Von seinem draufgängerischen Auftreten ist nichts übrig. Du kannst sie mir gern vorstellen.

Du kennst sie. Er geht mir auf die Nerven, seine verkappte Dummheit, dieses lächerliche Theater. Du kennst sie, wiederhole ich laut, und er zieht die Schultern bis zu den Ohren. Vom Strand. Du kennst uns beide vom Strand. Schon vergessen?

Er schüttelt den Kopf und steht auf. Keine Ahnung, wovon du redest.

Er widert mich an. Seine Spielchen. Ich schaue zur Treppe, um September dazu zu bewegen, dass sie runterkommt, sich zeigt und dem Ganzen ein Ende bereitet. John ist an der Tür und zieht sich hektisch die Schuhe an. Ich halte Ausschau nach September, doch sie ist schon unten und kommt auf mich zu. Sie bewegt die Lippen, aber die Worte kommen nicht aus ihrem Mund, sondern aus den Wänden. Sie dröhnen durchs Zimmer, dringen in meine Ohren, und ich kann meine Gedanken nicht mehr hören, höre nichts anderes mehr als Septembers Stimme. Sie hat das Fernglas in der Hand. John kämpft mit seinen Schuhen, hüpft auf einem

Bein, ist rot im Gesicht. September hat das Fernglas in der Hand und schlenkert es vor und zurück, ihr Gesicht ist ein Gesicht, das ich kenne. Sie hat das Fernglas in der Hand und schwingt es durch die Luft, und plötzlich habe ich es in der Hand, und es trifft John seitlich am Kopf. Einen Moment lang wirkt er perplex, aber unversehrt, dann kippt er rückwärts um. Er bleibt reglos liegen.

5 Auf Johns Stirn breitet sich ein Bluterguss aus. Ich habe das Fernglas in der Hand, September ist verschwunden. Das Wohnzimmer ist leer. Ich zittere. Dann beuge ich mich hinunter und berühre Johns Wange. Er atmet, ist aber weiterhin bewusstlos.

Ich gehe nach oben und rufe September. Es ist wieder heiß im Haus, die Heizkörper brennen von den Wänden, die Rohre dröhnen und dröhnen. Ich suche September in unserem Zimmer und dann, vorsichtig, in dem von Mum. Sie ist nicht da. Ich suche unter Betten und in Schränken. Sie zeigt sich nicht. Sie spielt mir einen Streich. Ich weiß, wie sie aussieht, wenn sie lacht. Wie sie dabei die Zähne fletscht, dass ihr buttriges Zahnfleisch zum Vorschein kommt.

Schließlich gehe ich wieder nach unten. John rührt sich nicht, und ich frage mich, ob ich ihn getötet habe. Ich suche in der Speisekammer und dann im Bad. Irgendwo über mir ertönt ein Krachen, ein Baum, vom Sturm gefällt, und als ich meinen Kopf berühre, merke ich, dass meine Haare nass sind, ich bin völlig durchgeweicht, als wäre ich draußen im Regen gewesen, und meine Hände riechen nach Rauch und Feuer. Der Boden der Badewanne ist mit einer dicken Schicht Laub und Erde bedeckt. Ich öffne den Mund, um nach September zu rufen, aber es kommt kein Ton heraus.

6 Der Sturm Regina war über Nacht gekommen, herangespült von flutartigen Regengüssen. Irgendwer behauptete, die ganze Abingdon Road stünde unter Wasser, es paddelten Leute in Kajaks darauf herum und ließen sich vor dem Straßenschild fotografieren, um zu beweisen, dass sie auch wirklich dort gewesen waren. Ein Kind war ertrunken, nachdem es von einem der Kanalboote gestürzt und weggetrieben worden war. Wir brauchten doppelt so lange für den Weg zur Schule wie sonst; die Hälfte der Busse fiel aus, und als wir endlich ankamen, zeigte sich, dass mehrere Klassenzimmer undicht und unbenutzbar waren.

Den Mantel über den Kopf gezogen, patschnass, kaum dass wir das Gebäude verließen, hetzten wir von einer Unterrichtsstunde zur nächsten. Am Anfang der Woche hatten aufgeweichte Fotos von mir draußen auf dem Boden gelegen und ihre Tinte war mit den Pfützen verschwommen, aber inzwischen waren sie verschwunden.

Sowohl September als auch Kirsty waren drei Tage lang suspendiert worden, danach war September zurückgekehrt, mit versteinerter Miene und einem Plan. Wenn sie überhaupt sprach, dann in barschem Ton. Sie fuhr mir ständig über den Mund, sagte dem Personal in der Schulkantine, was ich essen wollte, und antwortete im Unterricht statt meiner. Sie hängte sich meine Tasche über die freie Schulter, und manchmal, wenn ich etwas schrieb, beugte sie sich über mein Heft und änderte meine Antworten, sodass ihre Handschrift meine überdeckte.

Lily und den anderen hatte sie gesagt, dass sie nach der Schule zum Tennisplatz kommen sollten. Ich wusste nicht, wie das Gespräch abgelaufen war, was sie glaubten, was September von ihnen wollte. Sie hatte am Morgen das Messer eingesteckt. Neben ihr im Klassenzimmer oder in der Pause auf der Toilette oder beim Mittagessen, das aus Kartoffelbrei und Käse bestand – immer wieder war ich nah dran, ihr zu sagen, dass ich es nicht machen wollte, dass wir die Sache abblasen sollten. In der Kantine stellte ich mir vor, wie autoritär meine Stimme klingen, wie ich mit der Faust auf den Tisch hauen würde, um meinen Worten Nachdruck zu verleihen, wie September genervt mit den Augen rollen, sich dann aber fügen würde und dass unser Verhältnis danach ein anderes wäre, dass sie auf mich hören und es akzeptieren würde, wenn ich etwas nicht wollte, dass wir endlich gleichberechtigt wären. Als ich den Blick hob, sah ich Ryan am anderen Ende des Raumes, er hatte die verschränkten Arme auf dem Tisch und beobachtete uns mit gerunzelter Stirn.

Was ist?, wollte September wissen und schaute sich wütend um.

Nichts, erwiderte ich, fragte mich jedoch – ich konnte nicht anders –, wie es wohl wäre, wenn ich als Erste zur Welt gekommen wäre und es September nicht gäbe. Dann hätte ich vielleicht Freunde gehabt, Ryan hätte mich während des Unterrichts was gefragt und über meine Antwort gelacht, oder wir wären gemeinsam über den Sportplatz geschlendert, oder er hätte mich an der Schulter berührt oder …

Komm schon, wir sind fertig, sagte September und schob

mein Essen aufs Tablett, um es wegzuschmeißen. Auf einmal hatte ich ein schlechtes Gewissen und schlang die Arme um sie, und sie drückte mir einen Kuss auf die Stirn.

Weil der Sturm so wütete, gingen einige Mitschüler mittags nach Hause, doch wir blieben. September strahlte von innen heraus, weißes Lächeln und blasses Haar, Worte, die sich überschlugen, um aus ihr herauszukommen. Ich erinnere mich an jeden noch so kleinen Moment. Wie sie sich über den Wasserspender beugte und sich, während sie sich aufrichtete, mit dem Ärmel den Mund abwischte. Dass sie immer wieder Galgenraten spielen wollte und ich zusah, wie das Strichmännchen sich nach und nach zusammensetzte. Welche Wörter sie nahm? S-C-H-L-U-C-K-E-N, H-O-E-H-L-E-N-W-A-N-D-E-R-U-N-G, B-E-G-R-A-B-E-N. Immer wieder schaute sie auf die Uhr, und ich beobachtete ihr Gesicht, die wechselnden Gefühle, die sich darauf zeigten, die Aufregung und die Unruhe.

Nach dem Mittagessen hatte sie Mathe und ich Sport. In der Umkleidekabine war es kalt, und es tropfte von der Decke. Ich konnte zusehen, wie meine Haut sich in Haferbrei verwandelte. Die Lehrerin starrte gelangweilt auf ihr Handy, während wir uns mit Liniensprints aufwärmten. Wann immer wir eine Linie erreichten, bückten wir uns, berührten sie und liefen zurück in die Richtung, aus der wir gekommen waren. Ryan war auch da. Er fiel mir erst auf, als er an mir vorbeiflitzte, die dünnen Arme auf Brusthöhe abgewinkelt, knochige Knie, die verschwommen aus seinen Shorts ragten. Als die Lehrerin in ihre Trillerpfeife blies, versammelten wir uns schnaufend und stemmten die Hände in die Hüften. Ryan stand neben mir. Ich senkte den Blick und starrte auf seine abgewetzten Sportschuhe, sein Atem wurde gleichmäßiger, sein Hals war schweißbedeckt.

Hey, sagte er. Leise, damit keiner mitbekam, dass er mit mir sprach. Ich schwieg.

Ich wollte mich entschuldigen, sagte er. Für das, was passiert ist. Tut mir echt leid.

Irgendwo in der Decke war ein Loch, durch das Wasser eindrang. Es tropfte auf den Boden und sammelte sich zu einer Pfütze. Die Luft war muffig, stank nach Füßen und Schweiß. Ich konnte ihn riechen, glaube ich, einen Hauch seines Deos.

Ich hätte etwas sagen können, einen Satz bilden, der uns einander nähergebracht hätte, doch die Lehrerin brüllte, wir sollten endlich in die Gänge kommen, und der Sturm schien näher als je zuvor. Ryan lächelte mich noch kurz an, dann setzte er sich in Bewegung und joggte zu der weißen Linie.

September wartete im Gang vor der Umkleide. Der Regen hämmerte herunter und ergoss sich in Sturzbächen aus den Dachrinnen. Ich sah ihr an, dass sie in Gedanken bereits bei dem war, was uns bevorstand, und gar nicht richtig bei mir.

Hallo, sagte ich. Ich wollte ihr erzählen, dass Ryan sich entschuldigt hatte und dass die Sache damit vielleicht erledigt war und wir gar nichts zu unternehmen brauchten. Im nächsten Jahr würden wir sowieso den Abschluss machen, das war nicht mehr lange hin, und wenn wir erst mal weg waren, würden wir vergessen, was vorgefallen war.

Bist du fertig?, fragte sie. Ich will vor ihnen da sein.

Die Worte verkeilten sich in meinem Hals wie Baumstämme, die einen Fluss blockieren. Es waren Worte, und zugleich waren es Wiederholungen und Zögern und Pausen und Stammeln und Lücken und Fehler.

Sie war bereits auf dem Weg. Ich folgte ihr.

7 Wir lassen die Gebäude hinter uns und trotten über den Sportplatz. Das Gras hat sich in Matsch verwandelt, die Laufbahn ist kaum zu erkennen. Die Netze der Kricketkäfige sind zerrissen und haben sich in losen Ästen verhakt, die Bälle liegen in den Ecken begraben, irgendjemand hat sein Hemd verloren. Als ich mich umdrehe, ist die Schule kaum zu erkennen, nur hier und da ein erleuchtetes Fenster. Es schüttet nur so, der Regen verwischt die Sicht. Das Fauchen des Windes geht in dem lauten Prasseln fast völlig unter, nur manchmal setzt es sich durch. Ich muss mich krümmen gegen diesen Wind, der uns das Vorankommen sehr schwer macht. Zeitweise geht September neben mir, nimmt meine Hand und trommelt aufgeregt mit den Fingerspitzen auf meinem Handrücken, dann wieder stürmt sie, die Hände in den Taschen vergraben, voraus, ohne sich umzudrehen. Ich strenge mich an, mit ihr Schritt zu halten. Der Geruch von modrigem Gras, von meinem nassen Haar. Auf der gegenüberliegenden Seite des Sportplatzes stehen Bäume, dichtes Unterholz, Büschel von Brennnesseln, hohes Gras.

Im Ruhehaus sage ich etwas, mein Kiefer verbiegt sich unter den Wörtern. Und zwischen den Bäumen ... zwischen den Bäumen ...

Und zwischen den Bäumen sehe ich immer wieder September aufblitzen, wie sie, das Gesicht zum Himmel gewandt, auf den matschigen Boden stampft und gegen die Baumstämme tritt. In diesem Teil des Schulgeländes war ich schon lange nicht mehr. Der Boden wird uneben, die Wurzeln der Bäume drängen an die Oberfläche. Wasser rinnt mir oben in den Regenmantel und tränkt den Kragen meines Kleides, Wasser tröpfelt mir von der Nase. September ist bereits ein gutes Stück weiter vorn zwischen den Bäumen, sie strebt beharrlich vorwärts, verschwindet hinter den Stämmen, kommt wieder zum Vorschein. Fast wirkt es, als hätte sie vergessen, dass ich da bin. Sie tut das nicht meinetwegen, denke ich und bleibe stehen, überlege, in die Schule zurückzukehren und mich im Klo zu verstecken, bis es vorbei ist, oder Mum anzurufen und laut ins Telefon zu sagen: Ich will das nicht. Ich habe Angst. Ich weiß nicht, was ich tun soll.

Vor der Grenze, die die Baumreihe bildet, bleibe ich stehen. Mir ist elend unter dem Gewicht des Windes, ich ringe nach Luft. Zwischen den Bäumen hindurchspähend versuche ich, den alten Tennisplatz zu erkennen, sehe aber nur das kaputte Flutlicht und den geduckten Korpus des Schuppens. Ich hebe die Hände wie einen Trichter an den Mund und überlege, nach September zu rufen, doch dann lasse ich sie wieder sinken, und meine Stimme erstirbt.

Als ich mich einmal entschlossen habe weiterzugehen, beeile ich mich, will September einholen, stolpere aber und stürze beinahe; teilweise reichen mir die Brennnesseln fast bis zum Kopf. Um uns rumort der Wald, und als ich zwischen den Bäumen hindurch zum Himmel blicke, ist er weiß und in der Ferne ertönt ein Geräusch, das Donner sein könnte oder der Verkehr auf der neuen Landstraße. Jetzt erkenne ich auch den Tennisplatz deutlich, und den Schuppen, auf den September zusteuert. Er ist niedrig, das Dach von Moos bedeckt, eine der Wände schief, eine andere halb verrottet, sodass man ins Innere sehen kann. Ich halte mich an den Bäumen fest und ziehe mich vorwärts, bleibe nur ab und zu stehen, um nachzusehen, ob Lily und die anderen schon kommen, aber der Sportplatz ist groß und leer, und die Bäume drängen sich dicht an dicht. In meinen Ohren ertönt ein leises Pfeifen, in einer Frequenz, die vermutlich nur ich höre.

Im Ruhehaus löst sich mein Körper auf, verliert die Form und verfängt sich in Erinnerungen.

Ich erreiche den Schuppen. Vom Flussufer her riecht es nach Knoblauch. September ist drinnen und tritt auf die wackeligen Wände ein; die Augen weit aufgerissen, hüpft sie von einem Fuß auf den anderen. Ich will die Arme ausstrecken, sie berühren, sie festhalten. Was würde ich sagen, wenn ich sie dazu bringen könnte, für einen Moment stillzuhalten? Im Schuppen verstreut liegen Schläger aus moderndem Holz, die Wände beugen sich zusehends dem Druck des wild wuchernden Unkrauts. Ich strecke die Arme aus. Ich werde etwas sagen, um September abzulenken, ihr eine Frage stellen, ich werde sie fragen, ob sie sich noch erinnert ... oder ich packe sie an den Schultern und schüttele sie so lange, bis dieser Plan von ihr abfällt.

Ich werde sie an den Schultern packen und so lange schütteln, bis das, was hier passiert ist, von ihr abfällt, von mir abfällt. Aber sie tänzelt außer Reichweite, tritt aus dem Schuppen hinaus in den Regen und schenkt mir ein müdes Lächeln. Dann geht sie auf das überschwemmte Tennisfeld zu. Ich klammere mich an die Tür und beobachte sie. Ich will auch hinausgehen, ihr auf den schwimmenden Platz folgen. Eines der großen, rostigen Flutlichter hat sich eingeschaltet und durchschneidet mit seinem unheimlichen Strahl die nasskalte Luft. Ich will im Schuppen bleiben, mich zusammenkauern und warten, bis es vorbei ist. Ich meine, irgendwo in der Nähe eine Stimme zu hören, wahrscheinlich Lily und die anderen, die näher kommen. September bahnt sich derweil einen Weg durchs Gestrüpp, bewegt sich, eine Hand immer am Maschendrahtzaun, auf den Eingang des Platzes zu. Ein Schrei steigt in meiner Brust auf, ich fühle ihn, er ist ganz nah, füllt meinen Mund wie Wein. September betritt den Tennisplatz und stapft in das Wasser, kickt es in die Luft, wo es für einen Augenblick im zischenden Strahl des Flutlichts zu hängen scheint, bevor es zurück auf den Boden fällt. Ein Geräusch wie von brechendem Holz. Ich schaue nach oben.

Es schüttet, die Bäume schwanken im peitschenden Wind, rings um uns und über uns – über uns bewegt sich etwas. Einer der Bäume auf der gegenüberliegenden Seite des Platzes, dicht am Zaun, verlagert sich, die Wurzeln erheben sich aus der Erde, als würde er gleich davonspazieren. September lacht und lacht, sie hat den blonden Kopf in den Nacken gelegt, ihr Mund ist weit offen. Ich rufe sie, September, pass auf. Sie schaut mich an. Der Baum ... kippt leise zur Seite und auf das größte der Flutlichter, reißt es kurzerhand aus dem Fundament. Das Kreischen nachgebenden Metalls. Der sich neigende, sterbende Körper des Baums drückt das Flutlicht durch den alten Zaun und in das Wasser, das sich auf dem Tennisplatz gesammelt hat und kurz aufflackert, aufblitzt. Es riecht nach nassem Feuer, nach Rauch. Jemand schreit. Septembers Körper verbiegt sich unter einer Kraft, die – wie ich erst später erfahre – Elektrizität ist. Ich will zu ihr laufen, aber der Schuppen bricht in sich zusammen, die Wände geben nach, ich bin gefangen, und jemand schreit und schreit und das ist – jemand schreit – und das bin ich.

DRITTER TEIL

SHEELA

Begonnen hatte es mit dem Anruf aus der Schule. Die Stimme der Sekretärin, die sie schon kannte, die zu langen Pausen, der stoßweise Atem durch die Nase. Ihr erster Gedanke war: Juli. Ihr war etwas zugestoßen (und ja, möglicherweise hatte sie gedacht: September hat ihr was angetan). Aber es ging gar nicht um Juli.

Die Autofahrt. Gefährlich wegen des Sturms. Sie schlingerte über die regenverschleierte Fahrbahn, fuhr über rote Ampeln, die sie bei dem Licht erst im letzten Moment sah, Autos schossen aus dem Nichts auf sie zu und schrammten haarscharf an ihr vorbei. Woran hatte sie damals gedacht, als sie, die Hände ums Lenkrad gekrallt, die entgegenkommenden Fahrer anbrüllte? An den Vater der Mädchen hatte sie gedacht. An den Sommer in Kopenhagen, als sie sich kennengelernt hatten. An einen Mann in einer Bar, der zu ihr und ihrer Freundin an den Tisch gekommen war und sie in einer Sprache angequatscht hatte, die sie nicht verstand. Daran, wie er später in perfektem Englisch erklärt hatte: Ich würde dir gern die Stadt zeigen. Und noch später, in perfektem Englisch: Ich würde gern mit dir zusammenziehen. Daran, wie er ihr galant Taschen aus den Händen gerissen, Türen für sie aufgehalten, seinen Finger auf ihre Lippen gelegt hatte, damit sie nichts sagte.

Sie war so gut wie da. Sie schnitt die letzte Kurve und

hörte, wie der Seitenspiegel in die Brüche ging. Sie dachte an September. Ihre erstgeborene, knisterblitzhaarige Tochter, seine Augen, sein Tonfall aus ihrem weichen Mund, seine Entschlossenheit und Gier; als wäre er nicht gestorben, sondern irgendwie in den Körper dieses Kindes gesickert. Es war nicht fair, so zu denken. Als das Auto über den Randstein holperte, biss sie sich auf die Zunge. Ihre erstgeborene, tobsüchtige, nasenblutende Tochter, die Juli wie einen Drachen hinter sich herzog. Manchmal, wenn sie sie ansah, bekam sie solche Angst, dass sie fürchtete, sie könnte davon hochgehoben und davongetragen werden.

September war die Tochter ihres Vaters. Eine düstere Sorge an der Schwelle zu einem guten Leben.

Wie nachts, im Dunkeln, in welchem Haus auch immer sie sich gerade versteckten, die Türklinke nach unten gedrückt wurde. Das Bild seines Körpers in diesem Schwimmbecken, verschrumpelt, mit offenen Augen. Selbst da wachte sie nachts noch weiter und beobachtete die Tür und die Fenster und dachte: selbst tot, selbst tot, selbst tot.

Dann tauchte die Schule auf, angestrahlt von den grünen und blauen Lichtern eines Krankenwagens. Noch vom Auto aus hörte sie, wie die Bahre über die Treppenstufen nach unten rumpelte. Vielleicht hatte September einen Streich ausgeheckt und den Spaß zu weit getrieben – wie immer. Wie viele Kinder haben Sie? Eins. Warum haben Sie sich entschieden, eines zu bekommen? Hab ich nicht, hab ich nicht, hab ich nicht. Julis Gesicht im Spalt zwischen den offenen Hecktüren des Krankenwagens, die nach Desinfektionsmittel riechende Decke um ihre Schultern, ihr umherirrender Blick, der auf Sheelas Gesicht landete und dort haften blieb wie noch nie zuvor.

Nach dem Tod ihrer Mutter galt es, Bankkonten zu schließen, ein Haus in Indien zu verkaufen, Bücher und Küchenutensilien auszusortieren. Aber Töchter hinterlassen so wenig. Typisch September, keine Habseligkeiten zurückzulassen, mit denen man sich hätte ablenken und die Tage füllen können. Es gab ihr – und Julis – Zimmer, das ordentlich aufgeräumt war, auf dem Sofa ein Buch, in dem September möglicherweise gelesen hatte, im Kühlschrank einen halbvollen Joghurtbecher, der vielleicht von ihr stammte, vielleicht auch nicht. Auf dem Speicher gab es Kartons mit alten Zeugnissen und Zeichnungen aus ihren Kindertagen; die Fische hatte sie alle braun und schwarz gemalt. Im Wäschekorb gab es Kleider, im Spiegelschrank eine Pinzette. Sheela platzierte alles, was sie finden konnte, auf dem Bett und legte sich zwischen die vergessenen, zurückgelassenen Objekte. Wenn sie nur lange genug wartete, würde September kommen, um ihre Sachen zu holen, würde auf schmutzigen Füßen durch das stille Haus tappen und sich zu ihr aufs Bett legen. Der Schmerz war anders als damals, als ihre Mutter gestorben war, anders als bei Peter. Damals war es möglich gewesen, die Trauer, wenn auch unbeholfen, zu untergliedern, sie in kleinere Portionen aufzuteilen. Mit dem Verlust von September war es anders. Es gab keinen Moment, in dem sie nicht daran dachte, die Erinnerung nicht auf ihren Armen und Beinen lastete, ihr nicht schwer im Magen lag, sich nicht in ihren Haaren verknotete und wie Stacheln in ihre Haut bohrte. Sie lag im Bett und wartete, dass sie zurückkam, doch sie konnte nicht ewig so liegenbleiben. Sie hatte noch eine Tochter.

Julis Existenz zog Sheela aus ihrem Bett in Oxford und zwang sie, sich anzuziehen. Sie putzte sich die Zähne; sie hatte noch eine Tochter. Aber Juli saß in Septembers Kleidern am Küchentisch, redete wie September und beäugte sie mit Septembers misstrauischem Blick. Im Gegensatz zu ihrer Schwester war Juli unübersehbar ihre Tochter. Oft hatte Sheela auf der Straße Leute dabei ertappt, wie sie ihr hellhäutiges Kind musterten und sich wahrscheinlich fragten, ob sie es entführt hatte. Wenn jemand stirbt, lebt er nicht in uns weiter, er ist einfach fort. Sie machte Juli etwas zu essen, bürstete ihre Haare und versuchte, ihr zu erklären, was geschehen war, doch Juli schien sie gar nicht zu hören. Und was bildete sie sich ein, jemand anderen überzeugen zu wollen? Jedes Mal, wenn es irgendwo im Haus ein Geräusch gab, dachte sie, es sei September. Jedes Mal, wenn jemand an der Tür klingelte oder anrief, war sie darauf gefasst, September gegenüberzustehen, ihre Stimme zu hören. *War nur ein Scherz, diesmal hab ich dich echt drangekriegt, was?*

Das war die Stufe, auf der September immer mit mürrischer Miene gesessen hatte, wenn sie unartig gewesen war. Das war die Wand, an der Sheela das Wachstum der beiden dokumentiert hatte, September ihrer Schwester immer ein Stück voraus. Das war die Tür, die September einmal zugeknallt hatte und dann – als Zugabe, wie sie später erklärte – noch ein zweites Mal. Das war das Loch, das sie mit einem abgebrochenen Stuhlbein gemacht und das ihr richtig Ärger eingebracht hatte. Das war ihr Lieblingsglas, aus dem sonst niemand hatte trinken dürfen. Juli war in ihrem Zimmer und redete mit sich selbst. Das war die Stelle, wo / das war der Moment, als / das war die Wand der Boden der Platz der Tisch.

Kleine Erinnerungen, die wiederkamen. Der Tag, an dem sie in die Rosenbüsche gefallen war und mit zornigem Blick und nassen Wangen auf dem Sofa lag, während Sheela die Dornen aus ihrer Haut zog. Wie September in ihr gezappelt hatte, immer aktiv, besonders nachts, die Schockwelle der ersten Wehe am frühen Morgen, als sie sich vorgebeugt und nach der Milch gegriffen hatte. Der Streit über die Zahnfee, Septembers Gesicht, ihre Finger, die den Zahn fest umschlossen hielten und sich weigerten loszulassen.

Als diese erste Wehe kam, hatte sie die Augen zusammengekniffen und sie fortgewünscht. Peter hörte im Schlafzimmer Radio. Sie waren seit einem Monat im Ruhehaus. Sie kannten sich erst seit gut drei Jahren, aber es war bereits schlimm. Oft sperrte sie sich stundenlang im Bad ein und wartete, dass er wegging. Er war den ganzen Tag fort, und September schlüpfte aus ihr in das Haus, die Laken weich vom Blut, die Nachgeburt in die Ecke geworfen, der kleine Körper, der bebte, sich entspannte und dann ihren Finger packte. An jenem Tag war ihr das Haus anders vorgekommen als sonst. Sie hatte es nie besonders gemocht, aber an dem Tag schon. Dafür, wie es mit ihr darauf wartete, dass das kleine neue Ding auf die Welt kam. Dafür, wie die Wände sich beim glorreichen ersten Schrei zusammenzogen. Auch im Ruhehaus gab es Erinnerungen an September, doch anders als die in Oxford waren sie kaum schmerzlich; im Ruhehaus würde es besser sein. Wenn sie irgendwo um September trauern konnte, dann dort.

Peter, wie eine zerbrochene Flasche in ihrem Kind vergraben. Ihrem Kind, das zu Manipulation und Grausamkeit fähig war und seine Schwester manchmal behandelte wie ein Gefäß, das aufgehoben, herumgetragen und wieder abgestellt wurde und alles fassen musste, was man in es hineingoss.

In ihrer Jugend hatte Sheela ihrer Mutter oft Münzen aus der Geldbörse geklaut und sie im weichen Fleisch ihrer Arme oder ihres Bauchs vergraben, indem sie sie immer tiefer hineinrieb. Die in Träumen lauernde Beklemmung hatte in ihre Tage Einzug gehalten, und sie hatte sich gefragt, wie die Leute das aushielten, das ganze Gehen und Reden und So-tun-als-ob. Die Tabletten, die die Ärzte ihr verschrieben, machten sie langsam im Kopf. Sie trugen sie in einer Art Stupor durch ihre Teenagerzeit, raubten ihr ganze Stunden. Als sie sie abgesetzt hatte, war die Traurigkeit ein Stück von ihr abgerückt, aber nicht vollständig verschwunden, stattdessen schwelte sie hinter einem Hitzeschleier verborgen vor sich hin. Mit Peter war sie wieder fühlbar näher gerückt, die Tage waren aus dem Gleichgewicht geraten, und Sheela hatte sich unmöglich vorstellen können, dass es ihr je wieder gut gehen würde. Und jetzt, ja, jetzt war sie wieder da. Die altbekannte Sonde dockte an das ramponierte Mutterschiff an. Die trübe Angst traf ein, drang durch Mund und Ohren, durch die Haut in sie ein. Schlimmer als je zuvor. Natürlich.

Ihr erstes Kind war tot.

Obwohl das Bett im Ruhehaus stank, hievte sie sich hinein und zog sich die Decke über den Kopf. Die Verzweiflung überkam sie wie eine brodelnde Wolke von Insekten und riss sie mit sich fort. Sie konnte nicht mehr sagen, wo sie aufhörte und das Haus anfing. Oder wo das Haus aufhörte und sie anfing.

Nachts wach. In der Küche, wo sie im Dunkeln Chili für Juli kochte, schon vom Schneiden einer Zwiebel erschöpft war, mit dem Messer Knoblauchzehen zerdrückte und sich danach völlig aufgelöst fand. Aus dem Wohnzimmer drang ein

Geräusch herüber, als hätte sich jemand aufs Sofa gesetzt.
Sie kostete das Chili und versuchte sich vorzustellen, wie es
wäre, sich wieder etwas aus dem eigenen Körper zu machen.
Ständig glaubte sie, September rufen zu hören. Ständig
glaubte sie, dass Peter da war, außer Sichtweite, und bloß
darauf wartete, dass sie einschlief. Er war jedes Mal da,
wenn die Traurigkeit über sie kam, die Traurigkeit brachte
ihn mit. Tot war nie wirklich tot.
Sie stand auf und malte Bilder, auf denen September sich
durch das Ruhehaus bewegte. Das Bett hielt sie fest, oder
sie hielt das Bett fest.

September war leicht und schnell zur Welt gekommen,
bei Juli war ein Notkaiserschnitt nötig gewesen, weil sie
quer lag, die Arme schützend um den Kopf geschlungen.
Ein merkwürdiges Gefühl, so anders als die krampfartigen
Schmerzen bei September. Das Krankenzimmer war voller
Menschen gewesen, die Gesichter hinter den Masken nicht
zu erkennen. Einer von ihnen hätte Peter sein sollen, doch
er fehlte auch diesmal. Sie wusste nicht genau, wo er war.
Ein Tuch wurde gespannt und teilte sie in der Mitte. Sie
hätte gern gesehen, was sie taten, gewusst, wann sie das
Baby in den Armen halten würde. Sie spürte Hände in ihrem
Inneren herumfuhrwerken, einen überwältigenden Druck,
der kam und ging. Dann war das Kind da und lag auf ihrer
Brust, seine Haut mit einer weichen, stinkenden Paste bedeckt, seine Augen weit offen und wachsam.

Als die Mädchen klein waren, hatte sie darüber schreiben
wollen, wie es war, etwas in sich zu behausen, wie man Haut
und Fleisch und gleichzeitig Mörtel und Putz sein konnte.
Sie hatte das Ruhehaus ebenso bemitleidet wie das Haus

in Oxford, hatte besser nachvollziehen können, wie es sich anfühlte, von Lärm und Schmerz erfüllt zu sein, hatte verstanden, warum die Wände manchmal in sich zusammenzusacken schienen. Nach den Geburten hatte sie sich leergefegt gefühlt, wie ein geliebtes Haus, das über den Winter dichtgemacht wird.

Das Gefühl, dass ihr Körper ihr nicht gehörte, hatte sich lange gehalten. So war es ihr auch nach einer Weile mit dem Vater der beiden ergangen und dann erneut, als die Mädchen in ihr waren, sie unaufhaltsam anschwellen ließen und ihren Körper als Rastplatz gebrauchten. Später, im Ruhehaus, hatte sie sich das Buch ausgemalt, das sie schreiben würde, die Bilder, die sie dazu zeichnen würde und auf denen eine Frau mit dunklem Haar dabei zusähe, wie ihre Haut steif und brüchig wurde, ihre Beine sich in Ziegel verwandelten und ihre Arme in Schornsteine. Doch sie hatte es nie geschrieben und jetzt würde sie es wohl auch nicht mehr schreiben. Sie wusste nicht einmal, ob sie je wieder irgendwas schreiben würde.

Oder würde sie über ihre tote Tochter schreiben? Im Augenblick war das unvorstellbar, aber vielleicht würde sie es irgendwann tun. Fast siebzehn Jahre lang hatten sich aus ihrem Inneren zwei Fäden in die Welt gespannt und die beiden mit ihr verbunden. Jetzt war es ein Gefühl, als wäre einer der Fäden nicht durchtrennt worden, sondern führe an einen Ort, an den sie ihm nicht folgen konnte. Verdammte, verfickte Scheiße, am liebsten wäre sie in den Supermarkt gegangen und hätte jedes einzelne Glas zerschmettert, das sie dort fand. Sie wollte das Ende der Welt einläuten, und wenn das möglich war, wollte sie zum Anbeginn der Zeit zurückkehren und sie, koste es, was es wolle, so lange neu aufrollen, bis ihre tote Tochter wieder in dem Haus in Oxford auftauchte, wo ihr Glück zwar dürftig gewesen war, aber immer da. Wenn es sein musste, würde sie ein Pfund ihres Fleisches dafür geben, dass nicht länger ein Fehlen herrschte, wo einmal ungestümes, irrwitziges Sein gewesen war.

Sie träumte von diesen frühen, kindererfüllten Tagen. Sah Warnzeichen, wo keine waren, fragte sich immer wieder: Warum habe ich nichts unternommen? Hatte es etwas zu bedeuten, dass September im Kleinkindalter immer ihr Essen auf den Boden warf? Hatte es etwas zu bedeuten, dass sie beim Stillen immer an ihren Haaren riss? Hatte es etwas zu bedeuten, dass sie an ihrem ersten Tag im Kindergarten nicht weinte wie die anderen, sondern einfach hineinmarschierte, ohne sich noch einmal umzusehen? Hatte es etwas zu bedeuten, dass ihr Vater ein Mann war, dessen Hass und Liebe kaum voneinander zu unterscheiden waren?

JULI

1 Ich weiß nicht genau, wie viel Zeit vergangen ist.

Ich hole die Milch aus dem Kühlschrank und trinke sie direkt aus der Flasche, bekleckere mich, höre, wie es auf den Boden tropft.

Sie ist tot.

Aber September kann man nicht töten.

Ich suche im Badezimmerspiegel nach ihr. Ich sehe sie, sie bewegt sich schnell, ihr liebes, schreckliches Gesicht schaut mir entgegen. Ich sehe sie. Ich werfe einen Blick über die Schulter in dem Versuch, sie zu erwischen. Hab dich. Keiner da. Spiegel-September rastet aus.

Erinnerungen kehren zurück, wo auch immer sie sich im Garten meines Inneren versteckt gehalten haben: wie ich monatelang alleine bin. Wie ich ohne sie in einem kalten Bett schlafe und so mit den Nerven am Ende bin, dass ich mir einrede, sie sei da. Wie ich am Strand und im Haus und im Auto mit ihrer Stimme rede. Wie ich alleine September sagt spiele. Wie ich alleine esse. Wie ich mit mir selbst spreche.

Das Waschbecken bremst meinen Sturz, der Boden hält mich. Sie ist tot. Sie ist nicht tot. Sie ist tot. Sie ist nicht tot.

Ich lege die Wange auf den Boden. Doch. Natürlich. Sie ist tot. In meiner Brust flattert etwas, wie der Vogel, der sich vor meinen Augen aus der Wand gekämpft hat, er hebt und senkt die Flügel. Ohne sie bin ich niemand. Meine Schwester ist ein schwarzes Loch meine Schwester ist ein fallender Baum meine Schwester ist das Meer.

Besser verrückt als das. Besser verrückt.

Kurz schaffe ich es, mich zusammenzureißen. Ich gehe nach nebenan, setze mich aufs Sofa und betrachte John auf dem Boden. Er sieht sehr jung aus, sein rotes Haar und die sommersprossige Haut, sein Mund, der offen steht, während er schläft. Und als wäre es jetzt, in diesem Augenblick, erinnere ich mich an den Abend am Strand, daran, dass ich wusste, ich wollte ihn und er mich. September war gar nicht da, aber irgendwie habe ich geredet wie sie, mit ihrem Selbstvertrauen und ihrer Sorglosigkeit. Ich habe mir das Kleid über den Kopf gezogen und bin ins Wasser gegangen. Wie kalt es war. Das brennende Salz, Johns Zunge und meine, der grobkörnige Sand unter meinen Schenkeln, der an- und abschwellende Schmerz, das Aneinanderstottern unserer Oberkörper.

Ich versuche, mich zu bewegen, aber nichts von dem, was mal zu mir gehört hat, tut, was es soll. Wäre September hier, würde sie sagen … Wäre September hier, würde sie lachen … Wäre September hier, würde sie nicht zulassen, dass irgendwas davon … Ich gehe ins Bad und kauere mich neben die Toilette, weil mir kotzübel ist, ich warte darauf, dass September mir die Haare aus dem Gesicht hält. Aber sie tut es nicht. Und sie tut es nicht und sie tut es nicht und sie tut es nicht und sie wird es nie wieder tun.

Ich bin im Bett. Ich gehe nach unten. John ist fort, die Tür ist nicht richtig zu. Es hat nie jemand anderen als September gegeben. Nicht einmal mich hat es richtig gegeben. Ich schiebe mir die Finger in den Mund und beiße auf die Knöchel. Ich kratze mich am Arm und blecke die Zähne, so gutschlecht ist das Gefühl. Das Mal ist weiter gewachsen, es zieht sich jetzt bis über die Schulter, bildet Ranken quer über die Brust und kriecht hoch in Richtung Gesicht.

Wie soll es jetzt weitergehen? September sagt: Kopf hoch, Juli-Käfer. September sagt: Hör auf, Trübsal zu blasen. September sagt: Wenn du so mies drauf bist, stürz dich von einer Klippe. Ich gehe zur Wand, bohre die Finger in den Putz und sage: Nimm mich und nicht sie. Nimm mich.

Das Licht im Haus verändert sich. Eine Erkenntnis reiht sich an die andere. Ich begreife, dass September tot ist und nie da war. Dass die Gedanken, die ich für ihre gehalten habe, in Wahrheit die meinen waren. Die Ereignisse der letzten Tage klären sich. Mein Kopf fühlt sich an, als wäre er voller Hohlräume. Ich habe mich nie ohne sie gesehen, immer hat ihr Körper meinen aus dem Bild geschoben. Aus dem Augenwinkel glaube ich eine Bewegung wahrzunehmen, nicht im Zimmer, sondern in mir, unter der Oberfläche, kriecht etwas. Ich werde daran festhalten. Eine Entscheidung, die keine ist, hängt in der Luft und wird getroffen. Ich werde sie hierbehalten.

All die schlimmen Dinge, die September getan hat. Dass sie mich zu einem Blutschwur gezwungen hat. Mich gezwungen hat, meinen Geburtstag mit ihrem zusammenzulegen. Dass sie mein Fahrrad kaputt gemacht hat. Fies zu Mum war. Mich dazu gebracht hat, fies zu Mum zu sein. Mich gezwungen hat, Parfüm zu klauen. Mich geschubst hat. Mich unter Wasser gedrückt. Mir eine Augenbraue abrasiert. Zu viel, um es aufzulisten.

All die guten Dinge, die September getan hat. Dass sie mich geliebt hat. Auf mich aufgepasst hat. Dass sie ich war.

2 Ich versinke in einen Tagtraum, in dem September am Leben ist und wir die Hauptfiguren unserer Lieblingsserie sind. September ist Hadley, die blaue Plastikhandschuhe in der Tasche und ein fotografisches Gedächtnis hat. Ich bin Bell mit dem Monokel und dem Stottern. Wir sind in Oxford, in den Tunneln, die zwischen den Colleges verlaufen, und Hadley ertrinkt in einer alten Krypta, die wir entdeckt haben. Eine Weile bin ich allein und versuche vergebens, Verbrechen aufzuklären, aber dann finde ich in einem alten Buch aus der Bodleian Library ein uraltes ägyptisches Ritual, mit dem ich Hadley zurückholen kann, indem ich mir eine Rippe entnehme. Eine Zeit lang ist sie seltsam, noch dem Tod verhaftet, sie lispelt und verwendet Ausdrücke, die nicht zu ihr passen, aber irgendwann geht es ihr besser, und wir finden, wonach wir gesucht haben. Verborgen unter den Straßen von Oxford, in den Kellern, Tunneln und versteckten Winkeln: die Antwort, nach der wir gesucht haben.

Draußen ist es dunkel. Ich gehe von Zimmer zu Zimmer und schalte alle Lichter an. Ich habe heftiges Kopfweh, der Schmerz strahlt von den Schläfen aus und windet sich wie eine Fessel um meinen Schädel. Ich lege mich aufs Sofa und schließe die Augen, warte, dass es besser wird, aber es wird nur schlimmer. Ich überlege, ob ich nach oben gehen und Mum erzählen soll, was los war. Dass ich dachte, September wäre am Leben, und jetzt weiß, dass sie tot ist. Doch mir drückt eine solche Schwere auf Schultern und Brust, dass ich mich nicht bewegen kann. Meine Haut juckt, und ich meine zu spüren, wie das Mal sich weiter ausbreitet, sich in die frische Haut frisst und eine neue, ausgeweidete Spur zieht.

Ist es besser, dass sie tot ist? Ich bohre die Fingernägel in die Haut rund um meine Augen. Ich reiße so fest an meinen Haaren, dass hinter meinen Lidern weiße Sterne explodieren. Ich kaue auf der Lippe, bis sie aufplatzt. Ich kratze mir die Schenkel auf. Ist es besser, dass sie tot ist?

Das Ruhehaus wurzelt in der Erde. Mit zehn ging September zu Mum und erklärte, dass wir uns in Zukunft einen Geburtstag teilen würden. Manchmal spüre ich, wie mir Wörter in den Sinn kommen, lose wie Milchzähne, und nur darauf warten, von September übertönt zu werden. September hatte die Reifen meines Fahrrads mit dem Schraubenzieher zerstochen, wir fuhren gemeinsam auf ihrem, durch die Parks der Universität, auf der falschen Straßenseite, vorbei am Pitt Rivers Museum, und kreischten die Leute auf dem Gehsteig an wie Hyänen. Wenn Wörter Milchzähne sind, ist September die Schachtel, in der sie aufbewahrt werden. Sie sagt: Hör zu, Juli. Sie sagt: Keine Angst, Juli.

Ich merke, dass meine Hände sich bewegen, spüre sie aber nicht. Ich versuche, die Finger zu schließen und wieder zu öffnen, doch sie reagieren nicht. Meine Arme sind vom Ellbogen abwärts taub. Die Zunge liegt in meinem Mund wie ein Stück Brot, meine Zehen verlieren jegliches Gefühl. Die Fessel aus Kopfweh zieht sich immer fester zusammen, wird unerträglich eng und gibt mich plötzlich frei.

Ich denke an all die Dinge, die ich jetzt, da sie fort ist, tun kann. Essen, was ich will, schlafen, mit Mum reden, spazieren gehen, anschauen, was ich will, mich mit den Leuten vom Strand anfreunden, mich anfreunden, mit wem ich will. Das ist Freiheit.

Nein. Nein. Nein. Nein. Nein. Nein. Nein. Nein. Nein. Nein.

Doch.

September sagt, halt die Luft an. Halt sie für immer an. Halt sie sechzehn Jahre lang an. September sagt, leg dich auf den Kaminrost, damit ich mit dir Feuer machen kann. September sagt, da hast du ein Messer. Schneid dir ein Loch in den Bauch, damit ich in dir leben kann.

Studieren, was ich will. Wohnen, wo ich will. Selbst bestimmen, was ich im Fernsehen anschauen will. Schokolade essen und Äpfel und Paprika und Marmite und Fleischpastete.

3 Wir sind elf Jahre alt und warten auf die Sonnenfinsternis. Wir haben uns schon welche auf YouTube angeschaut und auf Wikipedia darüber gelesen. Eine Sonnenfinsternis ist ein astronomisches Ereignis, bei dem die Sonne von der Erde aus gesehen durch den Mond teilweise oder ganz verdeckt wird. Wir sind im Gästezimmer des Hauses in Oxford, wo es heiß und stickig ist und sich Spinnennetze über die Deckenbalken ziehen. Mum ist in ihrem Arbeitszimmer und schreibt, sie weiß nicht, dass wir hier sind. Niemand weiß, dass wir hier sind. September hält das Teppichmesser wie eine Waffe. Sie hat bereits ein halbes Loch in den Müslikarton geschnitzt, den wir uns aus der Küche geholt haben.

Machst du den Rest?

Ich schüttle den Kopf. Sie hält mir das Teppichmesser hin, eine Klinge, die aus einem zerkratzten Plastikschaft ragt.

Na los. Sonst gehört die Lochkamera nicht uns beiden.

Ich nehme das Messer. Ich weiß aus Erfahrung, dass sie nicht lockerlassen wird. Im Vorgarten eines der Häuser auf der gegenüberliegenden Straßenseite wird die große Eiche gefällt, der Lärm einer surrenden Kettensäge durchschneidet die mit Sägemehl verhangene Luft. Ich lege den Karton auf das Brett, das wir in Mums Arbeitszimmer gefunden haben, und bohre die Messerspitze hinein. Dabei übe ich nicht den richtigen Druck aus oder meine Hand zittert, jedenfalls rutscht die Klinge ab, gleitet über den Karton und gräbt sich mühelos in meinen Daumen. Ich habe es kaum gespürt. Ich starre auf den Spalt in meiner Haut, bis Blut herauskommt, und fühle, wie ich weich werde, wie die Beine unter mir nachgeben.

Keine Angst, sagt September. Sie nimmt mir das Teppichmesser aus der Hand und drückt die Klinge so lange in die weiche Kuppe ihres Daumens, bis Blut hervorquillt. Siehst du, sagt sie, alles halb so schlimm. Sie lacht, dann verstummt sie.

Und da weiß ich, dass sie etwas vorhat. Das Blut aus ihrem Daumen ist jetzt überall an ihren Händen und besudelt die Lochkamera, auf dem Karton sieht es noch dunkler aus. Sie reibt sich mit dem Daumen über die Wangen und hinterlässt die blutige Andeutung einer Kriegsverletzung. Sie bedeutet mir, das Gleiche zu tun, aber ich bin wie erstarrt. Schließlich hält sie das Teppichmesser hoch und drückt sich die dünne Metallklinge gegen den Hals. Ich sehe, wie ihre Haut Falten schlägt.

Wenn ich sterben würde, würdest du es auch?, fragt sie. Es ist nicht das erste Mal, dass sie mich so was fragt. *Wenn ich entführt würde, würdest du dich an meiner Stelle ausliefern? Wenn ich eine Doppelgängerin hätte, würdest du mich trotzdem erkennen? Wenn ich eine meiner Gliedmaßen verlieren würde, würdest du dir auch eine abschneiden?* Auf diese Fragen gibt es natürlich nur eine Antwort.

Ja, sage ich. Ich weiß, dass ich das würde.

Ich rechne damit, dass sie das Teppichmesser wieder weglegt, aber sie rührt sich nicht, ihre Augen sind ganz hell, wie die der Katzen, die manchmal am anderen Ende des Gartens auftauchen.

Wenn eine von uns sterben müsste und wir bestimmen sollten, wer, würdest du dich für mich opfern?, fragt sie.

Ich spüre, wie meine Zunge nach Worten tastet.

Ja, klar. Ich würde mich opfern.

Versprichst du's?

Ja. Ja.

Dann gib es mir schriftlich. Sie legt das Messer weg, und ich atme auf. Endlich. Ich hätte alles gesagt, alles getan.

Da steht eine Tasche mit alten Zeichenblöcken von Mum, die Seiten sind mit unseren Gesichtern gefüllt. September sucht einen Bleistift und gibt ihn mir. Dann schlägt sie in einem der Blöcke eine leere Seite auf.

Gib es mir schriftlich. Wenn du es mir schriftlich gibst, wirst du das Versprechen nie brechen.

Ich nehme den Bleistift, setze ihn aufs Papier und schreibe: Wenn es nur eine von uns geben könnte, dann wärst du es.

September reißt die Seite heraus und steckt sie in die Hosentasche. Dann nimmt sich mich in die Arme, und ihr Geruch umfängt mich.

4 Ich stelle mich unten an die Treppe und überlege hochzugehen, zu Mum, und ihr zu erzählen, was los war. Doch kaum habe ich den Fuß auf die erste Stufe gesetzt, halte ich inne. Etwas ist anders – in der Luft oder im Blut. Septembers Geruch umfängt mich wie an jenem Tag, hüllt mich ein. Die Treppe verschwimmt, ich erkenne die Stufen gar nicht mehr richtig. Ich denke an alles, was vor mir liegt, alles, was passieren wird. Mein Fuß zittert. Die vielen Möglichkeiten erschrecken mich. Es erschreckt mich, dass es noch etwas anderes gibt als Trauer, und trotzdem stelle ich mir vor, wie ich die Schule abschließe und vielleicht studiere und mir anschließend eine Arbeit suche, die mir gefällt, oder auf Reisen gehe und jemanden kennenlerne und mit ihm zusammenziehe. Ich stelle mir vor, wie ich wieder mit jemandem schlafe, nur dass es diesmal besser ist, und wie ich vielleicht kochen lerne oder ein Buch lese, das sie nicht lesen würde. Und hinter jedem Wort, jeder Möglichkeit verbirgt sich Folgendes: Ich lasse dich los. Ich halte dich nicht fest. Ich werde leben.

Ich gehe nach oben und den Flur entlang und öffne die Tür zu Mums Zimmer. Ihre Bettdecke ist flauschig, ihr Körper schlafwarm. Ich schmiege mich an sie, und sie sagt: Was ist los, Juli? Was hast du?

Das Zimmer riecht nach ihr, und ein bisschen riecht es auch nach September.

Was ist los? Sie drückt die Wange gegen meine, so wie sie es früher immer getan hat, nun aber schon lange nicht mehr. Ich erkenne September in ihr, in der Form ihrer Nase und ihres Mundes, sogar in ihrer Art zu blinzeln. Ich weiß nicht, wie ich ihr sagen soll, was ich ihr zu sagen habe. Ich weiß nicht, wo der Anfang ist. Vergraben am Tennisplatz, unter den Trümmern des eingestürzten Schuppens, im Krankenwagen zwischen den weggeworfenen Spritzen und fleckigen Laken. Ich weiß nicht, wie ich ihr sagen soll, dass ich mit Septembers Geist um den Hals gelebt habe.

Sie ist tot, sage ich.

Trauer ist ein Haus ohne Fenster und Türen und ohne die Möglichkeit, die Zeit zu bestimmen. Ich schlafe an Mums Rücken geschmiegt, einen Arm um sie geschlungen, sodass ihre Schultern und ihre Haare in meinem Mund – nachts, im Dunkeln – jedem gehören könnten. September gehören könnten. Alles fährt herunter, alle Lichter in meinem Innern gehen aus, ich muss nicht essen, nicht aufs Klo gehen, nicht mal richtig schlafen, dabei tue ich offenbar nichts anderes, mein Geruch unter der Decke, das Haus, das klappernd anspringt wie ein Auto im Leerlauf. Eines Nachts bin ich auf den Beinen und weiß nicht, warum. Als ich mich umdrehe, spüre ich die durchnässte Pyjamahose an den Beinen. Der Geruch meines Urins, das nasse Bettlaken. Stechende Kopfschmerzen, die meine Stirn durchbohren. Das Mondlicht, das durch das nackte Fenster fällt und sich in dem Wassereimer spiegelt, den Mum neben das Bett gestellt hat. Das Kratzen des Schwamms an meinen Armen und Beinen. Das Laken, das vom Bett gezogen und zusammengeknüllt wird, der Gestank von Ammoniak. Ihre Hände, die den Schwamm eintauchen, ausdrücken, meine Haare anheben und mir etwas Warmes in den Nacken drücken.

Wir mochten Käse-Zwiebel-Sandwiches. Wir mochten eine Serie namens *33* und David Attenborough. Wir mochten das Meer. Wir mochten lange Autofahrten. Wir mochten es, von Büchern das Ende zuerst zu lesen. Wir mochten Toast mit Baked Beans. Wir mochten geklauten Wein. Wir mochten lange Bäder. Wir mochten die *Desert Island Discs*. Wir mochten Ausschlafen. Wir mochten den letzten Keks in der Packung. Wir mochten Lagerfeuer. Wir mochten Sofas. Wir mochten Zelte im Wohnzimmer. Wir mochten das Internet. Wir mochten Dinge, die wir im Garten fanden. Wir mochten weiße Kleider und schwarze Strumpfhosen. Wir mochten geklautes Parfüm. Wir mochten Geburtstage. Wir mochten Torte. Wir mochten nackte Beine. Wir mochten Versprechen. Wir mochten ein Lied namens »What's Your Name?«. Wir mochten das Salz unten in Chipstüten. Wir mochten es, gleichzeitig denselben Schal zu tragen. Wir mochten es, keinen Vater zu haben. Wir mochten es, keine Freunde zu haben. Wir mochten den Regen. Wir mochten den Schulsportplatz.

Eines Morgens sagt Mum, dass ich nicht mehr im Bett essen soll, und wir streiten.
    Du verstehst es nicht, sage ich. Du kannst es gar nicht verstehen. Lass mich in Ruhe.
    Sie zieht mir die Decke weg und sie fällt auf den Boden. Ich verstehe es schon. Aber wir müssen aufstehen. Sonst verkümmerst du. Sie zieht die Vorhänge auf. Licht fällt aufs Bett und tut mir in den Augen weh. September wäre dagegen.

Du weißt gar nichts, denke ich, aber ich sage es nicht. Sie geht Tee kochen. Ich zähle die Tage, es ist beinahe eine Woche, seit ich begriffen habe, dass sie tot ist. Ich habe Kopfweh. Es fühlt sich an, als käme es aus dem Zahnfleisch und strahle nach oben aus. Mum ruft von unten nach mir. In nur einem Augenblick kann man alles vergessen und sich wieder erinnern.

Wir setzen uns aufs Sofa, essen Sandwiches und schlürfen heißen Tee dazu. Es geht höflich zu wie bei einer Dinnerparty. Ohne September, die zwischen uns war wie eine Brücke und zugleich wie eine Wand, weiß ich nicht, wie ich mit Mum sprechen soll.

Fühlst du dich, als wärst du im Weltall gewesen und gerade erst zurückgekommen?

Ja, sagt sie. Die ganze Zeit.

Als hättest du Weltraumnahrung gegessen und eine Weltraumtoilette benutzt und als wären deine Arme und Beine die Schwerkraft nicht mehr gewohnt?

Ja.

Wir gucken uns YouTube-Videos von Astronautinnen an, die sich im Weltall die Haare waschen. Als sich Wassertropfen lösen und davonfliegen, kichert Mum. Ihr Lachen klingt so sehr wie das von September, dass ich mich dabei ertappe, wie ich mich suchend umschaue, aufgeregt und voller Vorfreude, sie zu sehen. Mum schlägt einen Spaziergang vor, doch bei dem Gedanken, das Haus zu verlassen, wird mir schwindelig, also bleiben wir auf dem Sofa, ineinandergerollt wie September und ich immer. Ich erwäge, ihr zu erzählen, dass – obwohl ich noch nie so traurig war wie bei der Erkenntnis, dass September tot ist – ein Teil von mir erleichtert aufgeatmet hat. Ich glaube nicht, dass ich so was sagen kann. Zum Abendessen schiebt Mum Tiefkühlpizza in den Ofen und hockt sich davor, um die Temperatur zu überprüfen.

Eines Tages fahren wir zu Homebase und kaufen Farbe, Bilderrahmen, ein neues Doppelbett anstelle des Stockbetts, einen Farn, eine Sukkulente, zwei Kakteen, Lampen, einen kleinen Tisch, eine Tischdecke, mit S und J beschriftete Tassen, Weingläser, eine Vase, Bilderhaken, eine Kaffeemaschine, Dichtungsmittel für die Badewanne und Bleiche. Wir streichen das Haus neu, hängen Bilder auf und stellen die Möbel um.

Eines Tages denke ich zehn Minuten lang nicht an September. Eines Tages frage ich mich wieder, wie es wäre, wenn sie noch leben würde, und ich weiß nicht, was schlimmer ist.

Eines Tages werde ich an einer Universität angenommen, an der ich mich beworben habe. Nicht an der ersten auf meiner Liste, aber auch nicht an der letzten. Mum stellt das Radio an, und wir packen so gut wie alle meine Sachen in Kartons. Ihre Handschrift ist kaum zu entziffern. Sie schreibt: KOCHBDRF, BÜCR, BTTLKN, KLEIDUNG. Es hat alles auf der Rückbank Platz. An einer Tankstelle machen wir Pause und essen Nudelsalat und Karottenkuchen. Wir überlegen, was September wohl studiert hätte und ob wir an dieselbe Uni gegangen wären. Wären wir. Wir verheddern uns im komplizierten Einbahnstraßensystem der Innenstadt, und während ich das Auto entlade und meine Sachen auf den Gehsteig stelle, liefert Mum sich einen lautstarken Streit mit einem anderen Autofahrer.

Eines Tages denke ich: Wenn sie hier wäre, hätte ich das nicht so gemacht. Der Gedanke kommt, als ich gerade eine Abkürzung durch einen Park nehme, und legt sich mir auf die Schultern. Ich möchte mich auf eine Bank setzen, aber meine Beine gehorchen mir nicht, stattdessen durchquere ich den Park zügig und gehe auf der belebten Straße weiter. Autoabgase, das Klingeln von Handys, Leute, die in die eine oder andere Richtung laufen. Der Gedanke wächst. Da ist sie. Da ist die Wahrheit. Wenn sie hier wäre, hätte ich das nicht so gemacht. Wenn sie hier wäre, hätte ich nicht leben können.

5 So war es nicht.
So
war
es
nicht.

Das Ruhehaus gafft mich von allen Seiten an. Mein Fuß steht auf der ersten Stufe. Meine rechte Hand ist um das Geländer geschlossen. Ich versuche, auch meinen anderen Fuß auf die Treppe zu setzen, aber etwas hält mich davon ab. Mein Mund ist trocken, als stünde ich schon lange hier. Ich merke, wie die Tränen sich sammeln, bevor sie fallen. Ich habe es versprochen, denke ich, ich habe es nicht vergessen. Aber der Gedanke ist wirr, stammt eigentlich nicht von mir. Hinter den Worten lauert etwas, außer Sicht, eine Verlagerung. Ich habe es versprochen, und die Worte wachsen, füllen die Lücken, werden hart und undurchlässig. Ich denke: Ich hab dich lieb ich hab dich lieb ich hab dich lieb, und fühle, wie mein Mund sich ohne mein Zutun öffnet und die Worte herausquetscht in den vor mir liegenden Raum. Ichhabdichliebichhabdichliebichhabdichliebichhabdichlieb.

Und dann fühle ich – es ist wie ein kaltes Ausatmen –, wie September in mir ankommt. Sie kommt weder sanft noch in friedlicher Absicht. Meine Schwester ist ein schwarzes Loch meine Schwester ist ein zugemauertes Fenster meine Schwester ist ein brennendes Haus meine Schwester ist ein Autounfall meine Schwester ist eine lange Nacht meine Schwester ist ein Kampf meine Schwester ist hier. September hält mir den Mund zu. Zum ersten Mal verstehe ich das Versprechen, das ich ihr gegeben habe, und was genau es bedeutet: Wenn es nur eine von uns geben könnte, dann wärst du es. Meine Arme gehören dir. Meine Beine gehören dir, mein Herz und meine Lunge und mein Magen und meine Finger und meine Augen gehören dir. Sie ist mir vertraut wie ein Lied, meine Hände heben sich ohne mein Zutun, meine Beine machen sich bereit. Für einen Moment denke ich nein (neinneinneinneinneinneinneinnein), aber es ist zu spät. Jemand ist in mir, redet mit meinem Mund, macht mich stumm.

6 Wenn ein Gehirn ein Haus mit vielen Zimmern ist, dann bewohne ich den Keller. Er ist dunkel und ruhig. Manchmal bewegt sich oben etwas, wie Wasser in den Rohren oder etwas, das langsam verdaut wird. Ab und zu fällt helles Licht herein, und der Ort, an dem ich lebe, wird sichtbar. Er besteht aus lauter Ecken und Treppennischen, kleinen Lücken. Die Wände fühlen sich feucht an. Ich bin geschrumpft, damit ich hier hereinpasse, und in die Länge gewachsen wie die Nattern, die sich im hohen Gras am Strand paaren.

Wenn ein Gehirn ein Haus mit vielen Zimmern ist, dann bewohnt September alle. Die Zimmer sind groß wie Kirchen, und sie schwillt an und bläht sich auf, um sie auszufüllen. Ihre Gedanken sind laut wie Nebelhörner und hallen wie Glocken durch die Räume. Ich weiß nicht, wie Septembers Zimmer aussehen, aber in meiner Vorstellung sind sie der Strand. Ebbe, meilenweit Sand, endloses Wasser. Manchmal denke ich an die Ameisenfarm und begreife, dass es mir hier genauso geht, alles bricht ein, die Tunnel stürzen zusammen, kaum dass ich herausgekrabbelt bin.

Eines Sonntagmorgens backe ich einen Kuchen und setze mich mit einem Stück davon und einer Tasse Tee in den

Garten. Die Sonne scheint, und es riecht nach Meer und dem Rosmarin, der hier so üppig wächst. Kurz zuvor habe ich in den Spiegel geschaut, habe weißes Haar gesehen und hätte mein Gesicht fast nicht erkannt. Ich habe nach Mum gerufen, doch das Haus war leer. Ich habe versucht, die Jahre zu zählen, herauszufinden, was ich verpasst habe, doch das zu wissen, war zu viel für mich, und ich ließ es sein. Im Garten, in der Sonne, fühle ich September in mir, ein schwaches Beharren, eine Erinnerung. Ich falte die Hände vor mir auf dem Tisch, betrachte sie und denke, dass sie eigentlich nie richtig mir gehört haben. Ich sehe September vor mir, wie sie sich durch den Sturm bewegt, der sie das Leben gekostet hat, wie sie zwischen den Baumstämmen hindurchtanzt und in den Himmel lacht. Sie war lebendig, sie war damals so lebendig, dass sie allen, die um sie waren, Leben stahl. Ich selbst befinde mich im Hintergrund der Erinnerung, kaum da, ein Farbklecks, ein Schatten. Und noch früher, als wir klein waren, hat es eigentlich nie jemand anderen gegeben als September. Ich war ein Anhängsel. Ich war Septembers Schwester.

Meine Gedanken sind verschwommen, unklar. In mir beginnt sich September zu regen. Ich schließe die Augen. So hat es immer sein sollen. Anders hätte es nie kommen können. Es hätte damals mich erwischen sollen. Ich höre September murmeln, sie erhebt sich. Ich habe es vor langer Zeit versprochen. Was ich versprochen habe? Ich habe alles versprochen. Hier ist es. Ich breite es aus. Hier ist alles, was ich habe.

DANKSAGUNG

Mein Dank gilt mehr Menschen, als auf einer Seite Platz haben. Jeglicher Fehler in diesem Buch ist mir anzurechnen. Für jeglichen Erfolg habe ich den Folgenden zu danken:

Sarah McGrath bei Riverhead. Danke, dass du nicht nur diesem, sondern auch dem nächsten Buch eine Chance gibst. Allen Verlagen, bei denen dieses Buch erscheint.

Chris Wellbelove, meinem Agenten, der mit Geduld und Humor an jedem Wort, das ich schreibe, feilt und dem dieses Buch beinahe genauso gehört wie mir.

Allen bei Aitken Alexander. Lesley, Anna, Lisa, Alex, Clare, Amy, Monica.

Meiner Lektorin Ana Fletcher, ohne die ich nicht schreiben könnte. Der es immer wieder gelingt, eine Idee aus dem Chaos zu bergen und so lange zu polieren, bis sie glänzt.

Joe, Suzanne, Daisy, Michal. Jonathan Cape und der gesamten Crew.

Tom, Kiran und Sarvat dafür, dass ihr nach wie vor die besten Ansprechpartner seid, egal ob es ums Schreiben oder ums Leben geht.

Jess, Lucy, Jessie, Paul, Nick, Laura, Ric, Matt, Ellie, Amelie, Ruby.

Susie, Martin und Anna Bradshaw dafür, dass sie mich in ihre Familie aufgenommen haben.

Meinem Großvater.

Meiner Großmutter für ihren Mut und ihre Leidenschaftlichkeit.

Polly und Jake.

Meinem Vater für seine Beständigkeit, seine Liebe, seine Kochkünste. Dafür, dass er immer für mich da ist.

Meiner Mutter dafür, dass sie sich Horrorfilme mit mir anschaut, obwohl sie sie eigentlich gar nicht sehen will. Dafür, dass sie jedes Buch liest, das ich ihr schenke. Dafür, dass sie immer für mich da ist.

Matt dafür, dass er die Bücher genauso annimmt wie die Person, die sie schreibt. Für alles, was du getan hast und weiterhin tust. Für alles, was vor uns liegt.

Den Buchhändlern.

Dir, wer auch immer du bist, dafür, dass du diesem Buch eine Chance gibst.

Die englische Originalausgabe erschien 2020 unter dem Titel »Sisters« bei Jonathan Cape, Penguin Random House UK, London.

Der Verlag behält sich die Verwertung der urheberrechtlich geschützten Inhalte dieses Werkes für Zwecke des Text- und Data-Minings nach § 44 b UrhG ausdrücklich vor.
Jegliche unbefugte Nutzung ist hiermit ausgeschlossen.

Penguin Random House Verlagsgruppe FSC® N001967

1. Auflage
Deutsche Erstausgabe Juli 2024
Copyright der Originalausgabe © 2020 by Daisy Johnson
Copyright der deutschsprachigen Ausgabe © 2024 by btb Verlag
in der Penguin Random House Verlagsgruppe GmbH,
Neumarkter Str. 28, 81673 München
Covergestaltung: semper smile, München
Covermotiv: © Arcangel / Natasza Fiedotjew
Satz: Uhl + Massopust, Aalen
Druck und Einband: Nørhaven Book A/S, Viborg
AB · Herstellung: sc
Printed in Denmark
ISBN 978-3-442-77439-5

www.btb-verlag.de
www.facebook.com/penguinbuecher